LES MILLORS OBRES DE LA LITERATURA CATALANA

70

Director de la col·lecció:
Joaquim Molas
Redacció:
Carme Arnau

JOSEP CARNER
SALVADOR ESPRIU
JOAN BROSSA

TEATRE

El Ben Cofat i l'Altre (Carner),
Primera història d'Esther (Espriu),
Teatre de carrer, Or i sal (Brossa)

Edicions 62, Barcelona

Aquesta col·lecció és una iniciativa conjunta
d'EDICIONS 62 s|a., i de la CAIXA DE PENSIONS
PER A LA VELLESA I D'ESTALVIS
DE CATALUNYA I BALEARS, ''la Caixa''.

Primera edició (dins MOLC): desembre de 1981.
Segona edició: gener de 1990.
© per *El Ben Cofat i l'Altre*: Hereus de Josep Carner, 1981.
© per *Primera història d'Esther*: Hereus de Salvador Espriu, 1981.
© per *Teatre de carrer* i *Or i sal*: Joan Brossa, 1981.
Disseny d'Enric Mir.
© d'aquesta edició: Edicions 62 s|a.,
Provença 278, 08008-Barcelona.
Imprès a Grafos s/a., Art sobre paper.
Sector C, carrer D 36, 08004-Barcelona.
Dipòsit legal: B. 45.182-1989.
ISBN: 84-297-1800-1.

Els autors

Aquest volum conté quatre obres representatives d'un tipus de teatre que, per entendre'ns, podríem denominar literari, i que, en un període conflictiu del teatre en general, però especialment a casa nostra, presentà unes propostes que defugien l'espectacle dramàtic concebut a la manera més convencional. Josep Carner en *El Ben Cofat i l'Altre* (1951) entronca amb el mite, com sol succeir en tota època de crisi. El mite, eminentment simbòlic i poètic, li serveix, en primer terme, per a fer una reflexió sobre la religió; però, a més (es tracta d'una obra molt rica de sentits), sobre la condició humana en els seus aspectes més decisius. Salvador Espriu a *Primera història d'Esther* (1948) es remunta, també, al mite, en aquest cas al mite bíblic, que utilitza, en canvi, per a reflectir la realitat catalana d'una època en què es posava en perill la pròpia supervivència. I Joan Brossa, situat en un corrent del tot oposat, es planteja el teatre com a investigació i es relaciona, d'una manera o altra, amb l'avantguarda, com queda àmpliament reflectit a *Teatre de carrer* i *Or i sal.*

* *

Josep Carner (1884-1970), poeta i prosista eminent, inicià la seva activitat literària conreant el teatre, i de fet la hi va cloure. Tanmateix, són les darreres obres que publicà dintre d'aquesta vessant les més reeixides i personals, malgrat que la seva activitat com a dramaturg no és ni tan dilatada com en poesia, ni tan fonamental com en prosa. I, efectivament, la primera obra que publicà amb el pseudònim de Pere de Maldar fou *Al vapor* (1901), que subtitulà "joguina en un acte i en prosa", ja que es tracta d'una mena de divertiment humorístic muntat sobre malentesos i que, segons Albert Manent, recorda els sainets d'Arniches, autor sobre el qual féu la seva tesi doctoral, mentre que Jordi Sarsanedas cita l'Apel·les Mestres de *Tres i no res.* L'obra fou presentada al teatre Novetats l'any 1901. *Trista,* narració dramàtica de caire modernista que recorda Ibsen, guanyà un premi als Jocs Florals de Sarrià i fou publicada l'any següent. L'obra coincideix amb l'entusiasme que sentí Carner per Maeterlinck. L'any 1905 publicà tres obres breus: *La Fustots, El comte Arnau* i *Lo miracle del Tallat,* musicades les dues darreres per Enric Morera i escrites per als "Espectacles i Audicions Graner", i on apunta, ja, el gust de Carner per un llenguatge lleument arcaic. *Canigó* (1910), en canvi, és una adaptació del poema de Verdaguer escrita principalment per posar en relleu els versos del gran poeta, com podem llegir en un *post scriptum:* "El llibre d'aquest espectacle no ha pas de considerar-se obra personal del firmant; ultra que el seu desig no ha estat més que el de teixir una acció simplicíssima i lírica com a pretext perquè fossin recitats el major nombre de versos imaginables de l'immortal *Canigó.*" Amb *El giravolt de maig* (1928) Carner demostra ja dominar el seu ofici. Es tracta d'una comèdia en vers, d'un *libretto* per a una obra breu d'Eduard Toldrà. "L'ambició encara és modesta —escriu Sarsanedas—, però el talent de l'escriptor, ja afermat, posa al servei de la gran tasca noucentista (la normalització de la cultura catalana), la invenció d'un segle XVIII. *El giravolt de maig,* és un joc irònic construït amb materials reconegudament literaris."

Però haurien de passar encara una pila d'anys i viure l'experiència de l'exili, perquè el teatre de Carner, arrelat en el mite i amb nombrosos elements simbòlics, donés els resultats més reeixits. Ara bé, en fer-ho deixarà de banda la ironia, que reservarà únicament per a una acció secundària que alleujarà la tensió de la principal, i els seus productes de gran refinament formal i eminentment poètics es desarrelaran de la realitat catalana. En efecte: *El Ben Cofat i l'Altre,* publicada inicialment en castellà amb el títol *Misterio de Guanaxhuata* (Mèxic, 1943), aparegué a Perpinyà el 1951 i no fou estrenada fins al cap de dotze anys, a Barcelona. Es tracta d'una llegenda en cinc actes precedida d'un pròleg, que situa al Mèxic de l'època pre-colombina, amb personatges simbòlics, ja sigui referits a conceptes abstractes (l'Atzar, el Destí...), ja sigui amb un nom genèric (la Mare, la Cap Verd...). L'obra, eminentment poètica, es caracteritza pel mite i se situa, així, en una època remota.

Émilie Noulet considera que aquesta obra planteja l'origen dels mites, el seu desenvolupament, i el seu paper dins la història de la humanitat. Carner, doncs, recorre a un referent eminentment literari per donar sortida a les seves preocupacions i reflexions. Car l'obra —una obra molt rica de significats— és entre d'altres coses, una reflexió sobre la religió que es podria relacionar amb el rebuig de Carner per un tipus d'Església triomfant, la que representa dintre la seva obra el Ben Cofat: "I el sacerdot que no sàpiga viure del culte, i fers'hi poderós —diu—, no és més que un pobre diable." La seva preferència, en canvi, la té un sentiment religiós més humà, càlid i desinteressat, que representa l'altre personatge de l'obra, l'Escabellat, que és en darrer terme l'artista. Josep Ferrater Mora, en referir-se al Carner d'aquesta obra, ha parlat d'un veritable poeta-filòsof, i de fet, l'obra és, també, una reflexió sobre la condició humana, centrada en els seus aspectes més rellevants: la mort, l'amor, la llibertat...

Al pròleg, Carner apunta els seus propòsits mitjançant dos personatges de la nostra època: l'Autor —molt probablement Carner— i l'Amic que el visita i al qual confessa els seus projectes literaris: fer una mena de misteri o de representació escènica d'un tema religiós, si bé "en el meu cas em mouria una religió idolàtrica". D'aquesta conversa, en sobresurt una imatge de gran bellesa i eficàcia: la de l'home dalt d'un cim ("la sola criatura vertical damunt d'una vertical, amb glòria i vertígens"), que amb el desenvolupament de la història esdevindrà una realitat. Perquè a l'obra hi ha una figura retòrica dominant, l'oposició, que en reflecteix una de fonamental en la vida humana, l'existent entre la vida i la mort; seguint aquest sistema els dos personatges centrals son antagònics, fins i tot en llur aspecte físic: el Ben Cofat i l'Escabellat. Salvat l'Escabellat en darrer moment del sacrifici, un sacrifici relacionat amb el culte de l'aigua (i novament l'oposició ja que l'aigua és el símbol de la vida, però, també, de la mort), que hauria d'haver-lo fet immortal, és a dir déu, es troba realment dalt d'un cim, però aleshores s'adona de la seva soledat i, també, que la seva profunda pietat el separa dels immortals. Finalment romandrà amb la Sense Nom (genèricament la dona), més realista que no pas ell i a la qual demana: "I tu, secreta i pacient com la terra embrunida, tu que tens la seva manera de suportar les ires i la fantasia dels déus, em donaràs la serenitat, la que lleva, si cal, sense esperança." Perquè la tebior del cos de la Sense Nom li llevarà "el fred que hi ha en la mort (...) el fred que hi ha en la vida", on trobem l'oposició dominant a l'obra.

L'autor reprendrà aquesta oposició en la darrera obra teatral que publicà: *Cop de vent.* Editada a Barcelona l'any 1966, fou escrita a Bèlgica i publicada primerament en francès, en traducció d'Émilie Noulet. En aquest cas l'acció se situa en un ambient europeu i refinat de l'època actual, amb alguns elements, fantàstics o realistes, que recorden el Giraudoux d'*Intermezzo,* però on continuen dominant la poesia, els elements simbòlics, l'elegància i una certa fredor, característics de l'obra anterior.

* *

Salvador Espriu (1913-1985), que havia iniciat la seva activitat literària amb una sèrie de novel·les breus i contes, va alternar, a partir de 1939, la prosa amb la poesia i aquesta amb el teatre. El 1939, just al final de la guerra civil, va escriure la seva primera peça teatral: *Antígona.* Una peça que publicà el 1955 i que no estrenà fins al cap de tres anys. I que, a través del mite, clàssic, desenrotllà un tema aleshores candent i que constitueix el centre mateix de les seves preocupacions: la guerra entre germans i la compassió pels vençuts. El 1948 publicà la seva obra més famosa: *Primera història d'Esther.* I, trenta anys després, compongué a instàncies de Núria Espert la seva darrera obra: *Una altra Freda, si us plau.*

Una obra amb la qual reinterpretà un altre mite clàssic, el de Fedra, que ja havia tocat, molt abans, en una prosa i en una traducció lliure de Llorenç Villalonga, aquesta ja escenificada. En l'endemig, Ricard Salvat, amb textos vells i d'altres de nous, compongué un dels espectacles teatrals més famosos dels anys 60: *Ronda de Mort a Sinera* (1960). Un espectacle que, de fet, constitueix una autèntica síntesi de totes les obsessions i tots els mites del poeta.

La *Primera història d'Esther,* estrenada el 1957, per l'Agrupació Dramàtica de Barcelona, ha estat considerada com un exemple del que podria ésser un teatre nacional català. De fet, com ha assenyalat Joaquim Molas, recull uns temes i unes preocupacions que travessen tota l'obra d'Espriu. En efecte: el teme bíblic, que constitueix una veta constant de la poesia catalana, el trobem present, ja, en els anys universitaris i, d'altra banda, reapareix en alguns dels seus llibres poètics culminants, entre ells, un de famós: *La pell de brau.* Ara: si Espriu va treballar molt els temes bíblics, el d'Esther va obtenir les seves preferències per unes motivacions que ens explica en el pròleg que precedeix la peça teatral. Efectivament, la història d'Esther, el tema bíblic, es troba a la seva memòria lligat amb una figura per a ell entranyable, com ho és tot el món de Sinera, amb la seva tia i padrina, Maria Castelló, que posseïa a casa seva uns valuosos gravats que reproduïen la història oriental. L'Espriu infant visitava sovint la seva tia, dona en molts aspectes admirable, i aquesta li contava "servida per una puntual memòria (...) i l'art tan sinerenc de vivificar el que contava", la història d'Esther, amb un entusiasme "ostensible, nascut a qui sap quines pregoneses de l'obscura sang". Anys després i ja morta la seva tia, una mort que s'esdevingué "mentre agonitzava als camps del país, l'última guerra civil", Espriu va escriure *Primera història d'Esther,* on fongué ambdues realitats, la bíblica i la de Sinera, d'una manera íntima i a voltes inconfusible, i d'aquesta manera el mite bíblic esdevé pròxim, i en definitiva, quotidià en arrelar-se dins la realitat catalana.

Efectivament, *Primera història d'Esther* recorre al truc del teatre dintre el teatre: una funció té lloc en un jardí de Sinera i representa un escenari que se situa a la llunyana Susa. Una Susa que gràcies a la màgia de Salvador Espriu esdevé ben propera en reflectir el petit món de l'autor, que és, en definitiva, l'"única pàtria que tots hem entès". I així, en aquesta "improvisació per a titelles", hi apareixen tots els episodis i personatges de la història bíblica (Esther, Mardoqueu, Vasthi...) i, alhora, hi són al·ludits els que provenen de l'univers pròpiament espriuà (Mariàngela, mossèn Silví Saperas...), amb el mateix Espriu, sota el seu nom de ficció, Salom, invocat en una mena de monòleg profundament líric: "Salom, home perdut, solitari amb Déu: què li diràs del teu temps, de tants homes? Perdonarà, potser, l'urc dels teus pecats humils, gràcies a l'humil fricandó que de nen vas menjar, a la menta que pogueres flairar, al dolor de la ploma amb què m'obligues a parlar-te." I d'aquesta manera s'estableix una circulació entre el mite bíblic i el mite personal. Però Espriu dóna un sentit especial a la faula bíblica, en potenciar els paral·lelismes existents entre aquesta i la realitat catalana de postguerra, una realitat tan dura com la del poble jueu, sempre constants perseguits. I, així denuncia: l'arbitrarietat de les decisions preses pel poder ("Botxí, localitza'm el bronquític responsable de les notes subversives i talla'l de seguida a trossets, d'acord amb certa llei que sancionàrem"), la vacuïtat de les funcions públiques ("com m'afeixuga l'obligació de banquetejar, esdevinguda a poc a poc feina gairebé única de la magistratura!")...

Per damunt de tot, sobresurt a *Primera història d'Esther* un intent de salvar una llengua aleshores en circumstàncies que, també, atemptaven contra la seva supervivència ("parla moribunda", la denomina Espriu, "ja, gairebé inintel·ligible per a molts de nosaltres"). I de fet l'autor, en referir-se a aquesta obra, deia que volia fer una mena de testament de l'idioma. I així *Primera història d'Esther,* a més dels seus valors humans i morals, és un homenatge a la llengua catalana, que serveix per a demostrar la seva gran ductilitat, bellesa, expressivitat i, essencialment, la seva riquesa i dignitat.

* *

Joan Brossa va néixer a Barcelona l'any 1919. Soldat al front de Lleida, compongué, l'any 1938, el seu primer treball d'una certa extensió. Després de la guerra, hagué de tornar a fer el soldat, aquest cop a Salamanca, i començà a interessar-se d'una manera seriosa per la literatura, concretament per la cultura xinesa i la psicologia. Amb tot, es mantingué ben bé fins a la dècada dels setanta al marge de la vida literària i, per tal de reflectir l'existència que menà, Pere Gimferrer ha emprat dos termes ben aclaridors: obscuritat i refús. I es lliurà, cosa insòlita, a un únic ofici: el de poeta. Profundament lligat a la menestralia d'on procedeix, va voler entroncar amb la seva tradició literària, com ho demostren les seves primeres lectures (Verdaguer, Guimerà, Iglésies...) però, també, amb el seu parlar tan viu i expressiu abans de l'ensulsiada que representà la guerra civil. Un llenguatge que serà el material bàsic de la seva obra literària, tant de la poètica com de la teatral. Possiblement per aquesta vinculació preferí, de l'avantguardisme, Salvat-Papasseit, molt lligat a les formes de vida populars. A començaments de la dècada dels quaranta conegué J. V. Foix, que li donà un parell de consells molt valuosos i que aviat posà en pràctica: aprendre a fons la mètrica i aprofundir en el corrent d'avantguarda des d'abans de la guerra. Dirigí la revista "Algol", fou un dels fundadors de "Dau al Set", col·laborà amb una certa assiduïtat amb pintors del grup. La seva poesia, que parteix essencialment del surrealisme, bascula entre un classicisme extrem i un experimentalisme constant i té com a centre principal el mot "alhora com a objecte gairebé autosuficient, immanent i concretíssim i com a designació immediata d'altres objectes visualitzables" (Pere Gimferrer).

Entre els seus llibres de poemes, cal esmentar *Sonets de Caruixa* (1949), *Dragolí* (1950), *Em va fer Joan, Brossa* (1952), *Poemes civils* (1961), *El saltamartí* (1969), *Cappare* (1972), *La barba del cranc* (1974), *Sextines* (1977)... *Poemes visuals* (1975) i *Maneres* (1976) són intents de poesia visual. Tanmateix, el reconeixement de Joan Brossa no va arribar fins a la dècada dels setanta, amb la publicació dels tres primers volums de la seva poesia completa: *Poesia rasa [1943-1959]* (1970), *Poemes de seny i cabell [1957-1963]* (1977) i *Rua de llibres*

[1964-1970] (1980). Fruit de la seva col·laboració amb pintors o amb d'altres membres del "Dau al Set" són *Cop de poma* (1963), amb Joan Miró, i *El pa a la barca* (1963), *Novel·la* (1965) i *Nocturn matinal* (1970), amb Antoni Tàpies.

Brossa ha conreat també el teatre, que no es pot deslligar, tanmateix, de la seva poesia —de fet, el denomina poesia escènica—, amb una producció copiosíssima i d'extensió variable. Es tracta, però, d'una obra escassament representada i això ens la fa veure més aviat com un fet literari. Aquesta circumstància ha preocupat Brossa, que se situa en el terreny de la investigació (un dels seus personatges, mena d'*alter ego,* es diu Joan Busca), però que vol comunicar amb un espectador el qual tracta, principalment, de desvetllar. El teatre de Brossa té una gran influència de la pintura —com la seva poesia, d'altra banda—, perquè la imatge que posseeix del món que el rodeja —un món incomprensible, però— és eminentment visual. Aquesta realitat és, en primer terme, una aparença, i les aparences, com apunta Xavier Fàbregas "disten d'ésser unívoques: se substitueixen les unes a les altres i d'aquest joc de miralls hem de recollir la realitat, si ens és possible". Aquest motiu de metamorfosi és el seu concepte de la realitat humana i per reflectir-ho les seves peces teatrals incorporen tots aquells jocs o arts que es relacionen amb la transformació o amb l'equívoc, bé d'extracció popular, bé més elaborats: "El meu teatre —ha dit en una entrevista—, ha d'ésser desguarnit i intens com un quadre de Chirico. Enclou tota mena de gèneres, ventriloquia, fregolisme, ombres xineses, jocs populars, *music-hall,* il·lusionisme..." A les obres cal remarcar-hi un lèxic directe i simple, que des del primer moment va atreure el públic lector i que procedeix, en bona part, de la vida de barri amb la qual se sent molt vinculat, i que es tradueix en una sèrie de frases fetes, que tenen, en general, una funció sarcàstica. Tots aquests aspectes fan que la seva obra sigui molt rica i suggeridora, malgrat que, com hem dit, fou pràcticament desconeguda fins el 1973. De tota manera, algunes obres havien estat representades: *La jugada* (1960), *El bell lloc* (1961), *Or i sal* (1962) —peça on apareix un característic joc d'infants, juntament amb el drac, típic de la mitologia de Brossa, però molt arrelat, també, a les llegendes populars—, *Gran guinyol* (1962), *Aquí al bosc* (1962), *Calç i rajoles* (1964), *El rellotger* (1969)... *Teatre de carrer,* escrita el 1945 i revisada el 1962, no ha estat representada i és una mostra ben reeixida de surrealisme crític.

La seva obra teatral completa es troba en curs de publicació sota el títol *Poesia escènica* (I: *1945-54,* 1973; II: *1955-58,* 1975; III: *1958-62,* 1978; IV: *1962-64,* 1980). Ha col·laborat també amb músics: amb Cercós a *Gomintoc* (1954) i amb Mestres Quadreny a *El ganxo* (1954). Ha participat, també, en el guió cinematogràfic de *No compteu amb els dits* (1967), juntament amb Pere Portabella. Aquesta activitat desbordant i diversa no fa més que demostrar la seva inquietud fonamental i el seu afany de recerca.

C. A.

NOTA SOBRE L'EDICIÓ

Les referències bibliogràfiques de les obres incloses en el present volum són les següents:

El Ben Cofat i l'Altre, aparaguda primerament en castellà (Mèxic 1943), fou publicada en català l'any 1951 (Perpinyà: Proa) i posteriorment recollida dins les *Obres completes* de Josep Carner (Barcelona: Selecta, 1968).

Primera història d'Esther es publicà per primera vegada l'any 1948 (Barcelona: Aymà Editor). Aquesta obra ha estat reeditada diverses vegades, i el seu text ha estat successivament revisat, bé que en qüestions de detall, fins a l'any 1975 (Barcelona: Edicions 62, col. "El Cangur").

Teatre de carrer aparegué per primer cop dins el volum 4 del *Teatre complet* de Joan Brossa, *Poesia escènica 1962/1964* (Barcelona: Edicions 62, 1980).

Or i sal es publicà per primera vegada l'any 1963 (Barcelona: Joaquim Horta) i més tard ha estat recollida dins el volum 3 del *Teatre complet* de Joan Brossa, *Poesia escènica 1958-1962* (Barcelona: Edicions 62, 1978).

Les edicions utilitzades en el nostre volum són les últimes mencionades per a cada peça.

Josep Carner
EL BEN COFAT I L'ALTRE

Llegenda en cinc actes,
precedida per un pròleg.

Personatges del pròleg

UN AUTOR   EL SEU AMIC

Personatges de la llegenda

EL BEN COFAT
L'ESCABELLAT
L'ASSISTENT I DEL BEN COFAT
L'ASSISTENT II DEL BEN COFAT
EL BOIG
EL DEVOT
L'APARIADOR DE PLOMES
EL DESTÍ
L'ATZAR
FIGURANT I
FIGURANT II
LA SENSE NOM
LA PRINCESA
FLOR DE IUCA
LA CAP VERD
LA MARE
LA BRUIXA

Cantaires. Tres Bruixots. Espectadors.
Dues Ombres.

L'acció passa a Mèxic, a l'època pre-colombiana.

Estrenada en el Palau de la Música Catalana, de Barcelona, la nit del 6 de febrer de 1963, per l'Agrupació Dramàtica de Barcelona, amb el següent repartiment: El Ben Cofat, *Enric Sunyé;* L'Escabellat, *Lluís Bosch;* Assistent I, *Carles Sala;* Assistent II, *Francesc Nubiola;* El Boig, *Àngel Company;* El Devot, *Jordi Campillo;* L'Apariador de Plomes, *Jordi Torras;* El Destí, *Jaume Sisterna;* L'Atzar, *Joaquim Casals;* Figurant I, *Xavier Vivé;* Figurant II, *Jordi Salvatella;* La Sense Nom, *Griselda Barceló;* La Princesa, *Immaculada Genís;* Flor de Iuca, *Núria Picas;* La Cap Verd, *Núria Casulleras;* La Mare, *Nadala Batista;* La Bruixa, *Carme Cera;* Direcció, *Rafael Vidal Folch.*

PRÒLEG

Una cambreta íntima, de treball: bastarà un teló curt. Hi ha dos dibuixos a la paret. Una taula modesta, plena de papers i amb algunes pipes a l'atzar. Una finestra al fons. Viva llum: dia de primavera. Per tot seient, dues butaques d'elevat respatller, ambdues, per bé que amb orientacions oposades, de costat contra la taula.

ESCENA ÚNICA

Un AUTOR *i el seu* AMIC.

*En aixecar-se el teló, entren ambdós personatges, l'*AMIC *venint palesament del carrer. Són vells tots dos: l'*AUTOR *una mica corbat i enterament canut.*

L'AMIC *(prenent afectuosament l'autor per les espatlles)*: Desertor! Ingrat! Fa dies que no se't veu la cara per enlloc. Però si t'amagues en aquesta cambreta, que és el teu refugi més inexpugnable, endevino el teu secret: és que tens, de bursada, el delit d'escriure.

L'AUTOR: Escriure? Jo pogués saber com! Estic donant voltes a un pensament, sempre el mateix, que tal vegada, de mica en mica, es convertirà en projecte. Seu, i excusa'm aquest desori de papers i de pipes.

L'AMIC: Tot em rejoveneix: aquesta mena de refugi d'estudiant i aquest dia de primavera, tan resplendent i gairebé feixuc: són coses que s'adiuen. *(S'asseuen* 19

tots dos; l'amic darrera la taula, l'autor davant.)
Però la sentada serà curta. Per res del món no voldria fer nosa en la lluita amb un àngel que s'obstina a no deixar-se agafar per la punta de l'ala.

L'Autor: Al contrari. No m'escurcis la teva companyia. Si la meva única superstició té algun fonament, qui sap si hauràs vingut a donar-me una pista preciosa que no acabo de trobar. Veuràs el que vull dir. Una idea nova se t'acut per a una creació qualsevol; i, per poc que ella valgui la pena, te n'apareixen confirmacions, o bé elements a explotar-hi, per un atzar o altre. De vegades ho trobes en un llibre obert distretament, perquè sí; d'altres, en una conversa de dos que passen, o en una memòria d'un detall que creies oblidat; potser en un senyal del paisatge o bé en un acord musical. És el que jo en dic la conjuració dels estímuls. Com si algú, alguna virtut secreta del món, es migrés perquè continuéssim. Em faries un gran servei amb una esperonada així.

L'Amic: I ¿no podries dir-me quin és aquest pensament que no acaba d'encaixar-se en una forma que et satisfaci?

L'Autor: No: en aquest punt, el silenci és sagrat. És un error la confidència de provatures encara indecises. I ara, encara, no veig sinó boires pujant i baixant...

L'Amic: Em dono. Sempre he estat persona negada per a tota mena d'endevinalles.

L'Autor: Oh! perquè siguis un transmissor favorable, tot el que has de fer és no preocupar-t'hi gens! Repapa't a la butaca. Desarruga't el front. Sigues natural i més aviat distret. No et demano altra cosa. Perquè la teva ajuda sigui ben autèntica, l'has d'ensopegar sense adonar-te'n. El que jo espero, no ve pas en col·laboració, sinó per casualitat.

L'Amic: No em convences pas. Tu, el que necessites, és guanyar energia sobre tu mateix. Segurament, no t'ha mai vingut la idea d'escorcollar les teves butxaques per a veure si ja hi són aquests cinc cèntims que em demanes a mi. *(Canviant de to.)* I, fet i fet, si només veus boires que pugen i baixen, el més probable és que estiguis damunt d'un cim. I et queixes! Un home damunt d'un cim!

L'Autor (*sorprès*): Atura't. (*Una pausa.*) Deixa'm sospe-
sar... No, no em refereixo al teu concepte, que és ine-
xacte, fressa de paraules que fan bonic... Però la
imatge —l'home damunt del cim, només que això,
un cim i un home, la sola criatura vertical damunt
d'una vertical, amb glòria i vertígens—, això és
exactament el que jo necessitava, és a dir, la grandesa
que, si no ho espatllo massa, convertiria la meva
obra, com deien a l'Edat Mitjana, en un "misteri",
representació escènica d'un tema religiós; si bé, en el
meu cas, em mouria en una religió idolàtrica.

L'Amic (*aixecant-se un moment*): Estic amb tu en aquesta
cambreta, i us reconec tots dos; per la finestra veig
l'acàcia del davant, i reconec l'acàcia, i la paret de tà-
pia on sembla que es recolzi, per tafaneria. Però,
fora d'aquests detalls, he de dir-te que, la veritat, no
sé pas on só. (*Torna a seure.*)

L'Autor (*parlant distretament, amb veu distant*): És na-
tural, és natural... ¿Per què no fumes una pipa?...
Té, una pipa nova, tabac anglès... Jo sé que t'ajuda-
rà.

L'Amic: ¿A què vols que m'ajudi, en nom de Déu?

L'Autor (*mateix joc*): A anar entenent... el que ja t'he
dit. I... si hi passessis gaire pena..., a entretenir-te...
amb alguna cabòria teva.

L'Amic: No fumo en pipa i no tinc cap mena de cabòria,
sobretot d'ençà que hem fet un bon balanç i, ja tran-
quil, m'he posat a llegir la filosofia estoica.

L'Autor (*irritat, com per un soroll que l'enervés*): Què
dius?

L'Amic (*alçant lleugerament la veu*): Que no fumo en
pipa i no tinc cabòries!

L'Autor (*sempre distret*): Què tant parlar de pipes! No sé
perquè treus aquestes converses. Extreu, en silenci,
la rel quadrada de 751.927 i multiplica-la pel terç del
quadrat de 646.266.

L'Amic: Què vols que et digui? M'estimo més fumar una
pipa.

L'Autor: Torna-hi!... (*Canviant de to.*) Però espera, es-
pera... Em sembla que ja ho tinc. És a dir, no passo
de la primera embasta, però ja estic segur que tot
vindrà. Et felicito. Has complert magníficament. *21*

Ara, en un començament d'optimisme, convindrà que et sigui més explícit. Cap millor confident. Tota la meva cavil·lació ha vingut d'un record de viatge. A Mèxic, en lloc acimat sobre una vall ja considerablement elevada, hi ha, antiquíssimes, dues imatges de roca, dues granotes juntes. Per bé que imperfectes, són formes tan expressives que alguns les han tingudes per obra d'home i no pas, com les judiquen els més, simple treball de les forces d'erosió, fantasia de la naturalesa. I hi ha testimoni històric que aquelles escultures naturals havien estat adorades.

L'Amic: No sé pas què hi veien. A mi, davant d'unes granotes, m'hauria escapat el riure.

L'Autor: Oh, tu! Un home civilitzat que engega la ràdio tot afaitant-se amb una maquineta! Abandona, per un moment, el teu escepticisme, el teu confort, el teu sentit de seguretat, les il·lusions precioses, però sempre incompletes, sempre obligades a rectificar-se, de la intel·ligència. Pensa en les emocions obscures del primitiu, perdut al cor de la naturalesa —no pas de la humanitzada, l'asservida, senyalada de camins i de conreus, sinó la indòmita, la dels volcans, el desert, la selva verge, els terratrèmols i les feres. L'home, encara mal destriat de la naturalesa, la veia cohibit, amb servilitat i de vegades pànic. Creia endevinar per tot arreu —ell, garbuix d'emocions— una ànima més forta, més decisiva que la seva. I quan es tractava d'una força física tan vitalitzadora i tan destructora com l'aigua, poblada d'habitants copiosos però muts, ¿on, terra endins, trobar-ne el signe comunicatiu, la representació, sinó en la granota que hi neda i que hi salta, que, amb la seva veu, prediu la pluja, i és ben coneguda i trobadissa? Perquè el déu ha de restar misteriós i poderós, com fa l'aigua, però al mateix temps, mostrant-se en una forma abastable, familiar, ja que l'home necessita pactar-hi i fer-se'l seu.

L'Amic: Bé: és clar que, abans que l'home no es cregués senyor de la naturalesa, les forces físiques i fins les idealitats mateixes, eren representades en forma animal. I encara el déu grec té, tot sovint, un animal als peus, rebaixat a la categoria d'emblema.

L'Autor: Perfecte. Les dues granotes que et deia són en una regió exquisida, fèrtil, però amenaçada per set volcans i, en altre temps, per les inundacions. Indret incomparable per a una acció dramàtica entre primitius, que tingués com ambient el culte de l'aigua, tan cruel, fet a rivalitzar, per temor i desig, amb la crueltat de la naturalesa. Voldria fer-hi arribar un idealista, crèdul tanmateix, però, en la seva generositat, gairebé revolucionari. Vindria d'un camp artístic. No solament perquè així l'interessarien especialment les dues imatges de la granota, sinó encara per a expressar que, per urgents que siguin els motius d'una revolució, la necessitat sola és impotent, si l'art no la diu.

L'Amic: El teu protagonista seria, doncs, el reformador d'un culte religiós.

L'Autor: Com tots els reformadors, es creuria, sobretot, de tornar a una antiga puresa perduda. Veuràs com. La granota, un cop venerada per sacerdots i bruixots, havia estat probablement reduïda, en la seva representació, a línies simbòliques, simplificada per a les utilitats de la màgia, o bé dotada de nous atributs per a les necessitats del culte. ¿Quina ha d'ésser la reacció d'un artista revolucionari en veient, en contrast amb les deformacions creixents de la imatge venerada, dues imatges, diguem miraculoses, de la granota, en interpretació realista, amatent, com la intrèpida forma familiar que veiem en els estanys i les vores de riu?

L'Amic: Què sé jo. Suposo que la resposta dependrà, més que de la lògica d'ell, de la teva imaginació.

L'Autor: De tot hi ha. Sobretot, vull donar noblesa i independència al personatge. I res no em sembla millor que fer-lo fill de rei, convertit en nòmada.

L'Amic: Com en les rondalles per a infants.

L'Autor: Per què no? Són un gran llibre de text per a l'imaginatiu.

L'Amic: Ja estic interessat, com si ho vegés en colors. Tornem al príncep.

L'Autor: Per a ell, una voluntat divina, una exigència de veritat, haurà causat les dues imatges, fetes, com diríem avui, del natural. Seran aquestes imatges, de passada, una condemnació de la tendència, en el sacerdoci negociant, a reservar-se el déu, o bé, el que és igual, la seva coneixença, per heure'n més profit. Voldran el començament, o bé el retorn, d'una veritat més nua i més intensa i per a tot el poble.

L'AMIC: Començo a veure possibilitats. Però ¿quin era el detall que et mancava, i com pot haver-te'l donat una frase com la meva?

L'AUTOR: Em mancava —i sense això tot fallia— una situació, nova a les taules, que permetés un gran àmbit, un abast important, als dos termes que cerco d'oposar: la generositat d'un esperit i la duresa d'una organització establerta, més rica en astúcies i precaucions que en emoció religiosa. I tu, de sobte, em parles de l'home en el cim. Incomparable. ¿Quina reputació té el cim en el sentit universal de les creences primitives? Una de doble: és sovintejat per la presència del déu, i és lloc d'immolació: té, al mateix temps, rastres de llum i de sang. I jo, en sentint la teva frase, he vist una forta possibilitat. Com deus saber, la consagració al déu d'una víctima humana, converteix aquesta en substància del déu mateix: a Amèrica, i sobretot a Mèxic, era ben arrelada aquesta fe. ¿Què passaria, si una víctima de fe sincera fos consagrada al déu i, al darrer moment, consagrada i tot, no morís? Aquell home, el meu protagonista, per exemple, engrandit gràcies al teu concurs, es creuria el déu mateix. I començaria, en la seva adquirida persuasió, l'aventura més extraordinària del món.

L'AMIC: Que acabaria malament.

L'AUTOR: Bé hi compto. Acabaria malament en la pretesa impossible, no pas sense haver dat un joc interessant: i no està pas dit que el fracàs d'un propòsit desmesurat no pugui valer-nos un començ de saviesa. Però, en fi, aquest punt resta indecís: el que em sedueix són els efectes de semblant convicció en un esperit d'alta qualitat. Oh, si jo pogués, si jo sabés...! *(Sembla, de cop, perdut en les seves reflexions.)*

L'AMIC *(s'aixeca i va cap a la finestra; es queda dret, al costat, però mirant l'exterior)*: Necessito mirar cap avall, per a fer la prova, després de tot el que m'has dit, de si el cap em roda. *(Pausa.)* No: tot sembla natural; puc veure, sense perill, la gent que passa. Quines glicines en el balcó de davant! Si hi caigués un raig de sol al damunt, hi veuríem les abelles.

L'Autor *(posant la butaca enterament d'esquena al públic, i asseient-s'hi de bell nou)*: Vull endreçar aquests papers... fins a cert punt. Les glicines, deies? Sí, som ja a la millor primavera, amb un no sé pas què d'intoxicant... Si gosés, et faria una confidència.

L'Amic *(sense girar-se)*: Digues. T'escolto perfectament.

L'Autor: Figura't que aquest petit món de la meva imaginació, gràcies al teu ajut, m'inspira una vehemència, una il·lusió que semblen maladients amb la tossa dels cabells blancs. És una impressió fugissera, n'estic segur, ningú no ha sabut mai avançar pels anys a la inversa. Però, què vols que et digui: juraria que, de moment, m'he tornat jove. *(S'aixeca, i, en efecte, el públic el veu amb els cabells ben negres, i tot redreçat.)*

L'Amic *(sense girar el cap)*: Ei! ¿no és pas que en aquest piset de les glicines hi hagi una noia bruna com un pecat o potser una de rossa com un fil d'or?

L'Autor *(desapareixent darrera el respatller de la butaca on tornarà a posar-se, no vist del públic, la perruca blanca)*: No: sento dir-te que només hi viu una majordona retirada.

L'Amic: Quina decepció! *(Desinteressat de la finestra, es gira envers el seu hoste.)* Com passa el temps! *(Mirant el rellotge.)* Veig que és més tard que no creia. T'hauré de deixar.

L'Autor *(alçant-se, vell i una mica corbat, així com era abans)*: Adéu, fins demà passat, que ens veurem, em penso, en els funerals del pobre Benet.

L'Amic: I abriga't, tot i la primavera. La trobo glacial, aquella església. I t'ho aviso perquè tanmateix... no ho trobo pas, que estiguis gens canviat. Adéu! *(Una bona encaixada.)*

L'Autor: Ah, escolta! Una cosa t'encomano: que no diguis a ningú ni una paraula de la nostra conversa. Promet.

L'Amic: Prometo. I dorm tranquil. A fi de comptes, si

cedís a la idea absurda de trair la teva confiança, es pensarien que tu o jo ens havíem tornat boigs. *(Riuen tots dos. I, mentre s'abracen, cau el teló.)*

ACTE PRIMER

ESCENA PRIMERA

El Ben Cofat i, *de seguida*, l'Escabellat

Un home, cofat de plomes, amb l'arc a la mà i el bui-
rac a la cintura, baixa, molt pagat de la seva importàn-
cia, per un caminet. De sobte, creu sentir una fressa sos-
pitosa entre les mates, vora d'ell. Després de les seves pri-
meres paraules, veurà aparèixer un personatge escabe-
llat, gairebé nu i sense cap arma.

El Ben Cofat: Qui hi ha per ací? Ep, l'amagat darrera
les bardisses! ¿Qui serà aquest que fa per manera de
tornar-se bardissa quan jo passo? ¿O bé de dar ente-
nent que és una pedra i no pas algú que es sàpiga be-
llugar?

L'Escabellat *(mostrant-se, encara aclofat)*: No drecis el
teu arc. No tinguis por de cap traveta. Ja fa qui-sap-
les llunes que he viscut d'amagat. *(S'aixeca.)* Ara em
pots veure tot sencer; ja no sóc bardissa: sóc un ar-
bre.

El Ben Cofat: ¿Arbre que dóna quina mena d'ombra?
Arbre carregat de quin fruit? ¿Em mires, tu, tan mi-
serable, em mires a mi, i no tremoles?

L'Escabellat: Deixa estar l'arc, et dic altra vegada.
Mira'm bé: no et recordes de mi?

El Ben Cofat *(amb els ulls mig closos)*: Tanco els ulls,
faig memòria del que vaig ésser, i no et trobo enlloc. 27

(Després de dites, a pleret, aqueixes paraules, obre els ulls i fa, amb violència:) Val més que no em refiï de tu!

L'ESCABELLAT: Només veus una cosa: que no só d'ací i que compareixo tot espellifat. I per a gent del teu estil, cares no conegudes i roba malmesa són capaces de tot!

EL BEN COFAT: No portes arma, bé prou que ho veig; i és possible que siguis de mena amagadissa, sense voler-me fer mal. Però fóra ben extraordinari que la teva sang no em pogués servir per a un dels meus quatre oficis, perquè sóc a la vegada guerrer, sacerdot, màgic i metge. I, d'altra part, no hi ha com llevar-te la vida per a tancar de cop.

L'ESCABELLAT: Fes el que et sembli, però escolta una cosa: si em mates, moriràs set vegades.

EL BEN COFAT *(amb una certa preocupació)*: El que dius no és més que un acudit que no fa ni riure.

L'ESCABELLAT: Para-hi esment: jo l'accepto, la mort. ¿Què hi guanyaria a dir-te una cosa per altra? Però tu en moriràs set, de morts... perquè les nostres sangs estan barrejades.

EL BEN COFAT *(més i més encaparrat)*: No, no, és impossible. Em penso que no hi ets tot. ¿Coneixes solament el ritual de la sang recompartida? ¿I com una sola mort podria infantar-ne set?

L'ESCABELLAT: Jo he begut sang de la teva; tu n'has begut de la meva. Si jo moro, seré un mort amb sang de vivent, la teva, ja que tu et proposes, tanmateix, de seguir vivint. I la sang de vivent, la que tinc de tu, em permetrà de xuclar, invisible, la substància del teu menjar i, quan dormiràs, més i més sang de les teves venes. Perquè, quan seré mort, una part de la teva sang, la que tens de mi, serà morta: i només viuràs que aquell temps que em plagui de deixar-te viure.

EL BEN COFAT *(convençut)*: Les teves paraules s'adiuen exactament a les sentències dels més antics poemes, dels poemes atribuïts als mateixos déus. Diga'm qui ets, vejam. O bé per qui et penses de poder passar.

L'ESCABELLAT: Amb calma. Amb tota la calma del món.

Primer de tot, arracona les teves armes. Obeeix. Quan jo vivia entre els homes, no hi havia pas qui em manés.

EL BEN COFAT: Fet i fet, deus ésser com un no ningú que hagi begut massa i que, abans de posar-se a roncar, diu, amb la cara tibada, que és el rei. *(Deixa a terra el seu arc.)*

L'ESCABELLAT: Quan eres infant, els teus ulls, em recordo, eren més clars i semblava que repleguessin llum de tota cosa que lluís. Eres l'amic, aleshores, del fill del rei; i tot sovint, si us abellia, anàveu al bosc. Quan hi éreu, ¿no et recordes que el rebrec inesperat d'una fulla t'espantava? ¿I que no et feia pas goig, tampoc, el greu silenci d'un bassal tot verd de podridura? Una vegada que us havíeu foraviat, vàreu caure, d'una relliscada, en un matollar, i dues serps n'eixiren, que us van picar tots dos. I cadascú de vosaltres va xuclar la sang del companyó, amb promesa d'amistat davant el Gran Serpent de l'Univers, que té sabuda i esment de tot el que passa... I només dues persones coneixem aquesta història: jo i tu.

EL BEN COFAT *(anant a la vora de l'Escabellat)*: De manera que tu series... *(Mirant-lo de prop.)* Sí, ara et crec, al capdavall. Aquests ulls són els mateixos que van obligar-me a fer aquell jurament... Petits i burletes... Però, sobtadament, més grans... i amb una mena de força... *(Amb menyspreu.)* De totes passades, val a dir que...

L'ESCABELLAT: Sí, he canviat. I tu també. Posats al sol, la teva ombra és més imponent que no pas la meva. Jo, per viure, he d'abastar el fruit d'alguna branca difícil, l'únic encara no collit a la meva arribada. Però no t'envejo ni la bona menja ni el bon racó que et deus haver fet... Ja sigui a l'esquena, ja sigui a la butxaca, no porto mai pes que no m'hi faci nosa.

EL BEN COFAT: A mi, poc m'agrada de córrer, ni de saltar, ni d'enfilar-me: i encara per haver d'estirar el braç. Les coses que em calen, vénen, com si diguéssim, totes soles. I una abundor de requisits em sadolla el ventrell, emblema, davant de tot el poble, de la meva autoritat.

L'Escabellat: ¿Quin amulet, quin tresor t'ha vingut a les mans? Conta-m'ho, si et plau.

El Ben Cofat: Humilia el teu cor, perquè ara diré, per a la teva orella, les veritats sagrades. Ja saps que, de qui-sap-lo temps, els nostres passats veneraren l'Aigua, sense la qual no hi hauria al món sinó solitud, rocam i polseguera. L'Aigua és la vida: només ella fa verdejar la terra. L'Aigua és la mort quan, més poderosa que un exèrcit, inunda els treballs i cada brot de l'esperança. L'Aigua és la resurrecció, a l'endemà de la tongada seca. Però, ¿qui sabia de cert on vivia l'Esperit de l'Aigua? Peixos de mar, peixos de riu no tenen veu. De molt de temps, més d'un bruixot deia que l'Esperit habitava la Granota, que ja moltes dones invocaven per a l'infantament il·legítim o les aventures secretes.

L'Escabellat: Tot això sabia. Però continua, continua. Mai no et podries imaginar com m'interesses.

El Ben Cofat: El que manca serà cosa de poques paraules. Perquè em recaria de semblar-te vanitós. Et confiaré doncs, ben modestament, que els Esperits Superiors em feren descobrir una doble divinitat en un parell d'estàtues de roca: la granota mascle, tota estirada, com governant els núvols, i la femella, disposada al salt, per a dominar la terra... I no eren pas lluny d'aquest indret: però els arbres d'una vessant les havien amagades al no coneixent. I la grandesa de les divinitats és tan generosa, que els ha vagat, sense descrèdit, d'escollir *(tot mostrant-se a si mateix)* el menys digne per a manifestar-se-li.

L'Escabellat: Ja de criatura semblaves més tirat a les traces i manyes que no pas al coratge. Em jugaria qualsevol cosa que ets capaç d'haver-te inventat un culte.

El Ben Cofat: Sospita abominable! No tinc més afany que el de servir els interessos de la Granota. Però, com que m'ha estat revelada a mi en la doble escultura divina, els preceptes i l'ordenament ritual han de passar pels meus llavis. Jo no faig sinó obeir el que la Granota m'exigeix en els meus somnis, que és quan em parla.

L'Escabellat: No m'estranya gens que això sigui mentre somies! ¿I qui es fiaria de tu, si et veia despert?

El Ben Cofat: Important i ben proveït de guàrdia com estic, hi ha una certa imprudència a dir-me aquesta llei de paraules...

L'Escabellat: Quietud! Si a tu la Granota et parla en el teu somni nocturn, a mi em parla en els meus pensaments del dia clar. Podria molt ben ésser que les divinitats, com fan els vells plens d'experiència, deixessin anar a cada orella un reclam diferent... Però no he pas vingut a barallar-me amb tu, ni tan solament a viure ací. Farem les paus. No tinc altre desig que el de veure i saber... I, sens dubte, deus haver compost un cant per a la deessa?

El Ben Cofat: Naturalment. Potser voldries sentir-lo?

Només pel teu desig, oh Tu, la més Divina,
va verdejant la terra, l'amor es fa rosat.
Foc, Aigua, Vent i Terra, tot creu i tot s'inclina
quan sona del teu crit la ronca voluntat.

Abans de Tu, la fe digué paraules vanes,
i sense Tu vivíem entenebrits i sols:
és sacrosant el Bé que et plau i recomanes,
i el Mal és sacrosant en heure't el que vols.
Ens fas venir, d'un salt, el goig o la malura:
tos ulls són d'or —flama en la posta i el matí;
ton cos és verd, en esperança i podridura,
i blanc el ventre, com el núvol i el destí.
Només ton nom és llei, és força i és camí!

L'Escabellat: Hi has tingut traça. Diu el que cal, i breument. Fins i tot em sembla trobar-hi un petit ardiment marcial. És potser el que anomenen la força de la fe.

El Ben Cofat: ¿On aniria a parar una religió que no comptés amb el puny? Pel cap alt, faria una processó camperola on s'escridassarien a cantar, una vegada a l'any, un càntic que ja no capiria ningú... I el sacerdot que no sàpiga viure del culte, i fer-s'hi poderós, no és més que un pobre diable. Però, ¿i la teva història? Conta-la, si et plau... Aparta una mica aquest vel del teu esperit, que no deixa passar sinó resquícies de mitja llum.

L'ESCABELLAT: De bon grat. Abans, tanmateix, una altra cosa. ¿No hi ha, vora d'aquests topants, una deu d'aigua fresca? Voldria banyar-me. Vinc de molt lluny. L'aigua damunt del cos converteix en delit la mateixa fatiga... Un cop retornat, em vagaria de parlar-te a cor obert.

EL BEN COFAT: Et menaré a una font que acabem de descobrir, i on tot just es podrà haver banyat l'estelada. D'allí, per un tirany que t'ensenyaré, arribaràs a casa meva i menjarem plegats. Veig que la gran flamarada del dia no trigarà pas a fer-se cendres; i el fum, tot sol, serà la nostra nit. Anem. Vull fer-te veure quin és el meu tracte per al benvingut.

L'ESCABELLAT: He passat gran goig de tornar-te a veure... Anem. Onsevulla que es vagi, tot condueix al destí. *(Comencen d'allunyar-se.)*

ESCENA SEGONA

FLOR DE IUCA *i els* FIGURANTS I *i* II. *Pel mateix camí per on s'allunyen* L'ESCABELLAT *i el* BEN COFAT, *arriben* FLOR DE IUCA *i els* FIGURANTS I *i* II. *En veient* EL BEN COFAT, *els dos* FIGURANTS *aixequen els braços i inclinen el cap.* FLOR DE IUCA *creua els braços damunt del pit. Tot és debades:* EL BEN COFAT, *perdut en alguna cabòria, ni s'ha adonat d'ells.*

FIGURANT I: On s'és vist! Gruar-nos fins i tot un "podriu-vos ací, canalla"! Quin bufat!

FLOR DE IUCA: És de vosaltres dos que no fa cabal: es pensa, i ben cert que s'enganya, que només sou genteta. A mi no me'l fa mai, aquest paperot... I quan em veu tota sola, es torna bastant expressiu. Pel cap baix, fa una mena de so com si esbufegués, i després em dóna una tustadeta en algun relleix delicat.

FIGURANT II: ¿I tu, aleshores, amb aquella cara de no saber-te gens de greu?

FLOR DE IUCA: Una vegada vaig fer veure que m'ho prenia a la valenta. Però ell em va dar entenent que la

Granota és tot amor, i que res no li fa tanta gràcia com les trapelleries.

FIGURANT II: Jo, el que penso és que, ara, ni n'ha tingut esment que li fóssim davant. Feia un posat molt ombrívol, com no gens agradat d'aquell rodamón que l'acompanyava. O qui sap si la cerimònia de demà, de la qual acabem de fer una mena d'emprova, el té capficat... Que bé que l'has dita, Flor de Iuca, aquella cantarella sobre les flors!

FLOR DE IUCA: La veritat és que són uns versets deliciosos! Ves si en són de bonics, que cada vegada que els repeteixo em costa qui-sap-lo de no plorar. Ho trobo cosa tan fina, que no em sé pas imaginar que aquest gran sacerdot els hagi compostos. En canvi, per a l'amor, té una parença... de gran força. *(Resta, un moment, callada, somiadora, mentre que els dos Figurants, adolorits, mouen el cap.)* Però brutal. Segurament sense aquelles atencions... d'abans i de després... que les dones agraïm.

FIGURANT I: Cada vegada que parlis d'aquesta manera, Flor de Iuca, no tindrem més remei que demanar-te que et decideixis, finalment, per l'un o l'altre de nosaltres dos.

FIGURANT II: Flor de Iuca, això que diu l'amic és una cosa ben enraonada. D'ençà que vivim en aquesta espera, t'has anat tornant, dia per dia, més gosada, i nosaltres dos més entemorits... Si no et decideixes, et fermarem a algun arbre. I et posarem un tap o altre a la boca perquè no ens facis rodar el cap amb la vèrbola, i et jugarem a palletes. El que guanyi, et clavarà una mossegada. A la tribu dels teus pares, la dona mossegada es casa amb qui la va senyalar; i si ella hi fa resistència, cada vianant té el dret d'aviar-li un roc, per bé que, la primera setmana, aquest passatemps sigui reservat, per delicadesa, a les persones de la seva família.

FLOR DE IUCA *(sense preocupar-se gens de llurs paraules)*: Sou un parell de malagraïts! ¿No em veieu bonica, alegre, i amb un vestidet que fa goig?

FIGURANT I: Ben segur. Això és el que ens enamora.

FIGURANT II: I fa la nostra perdició.

FLOR DE IUCA: Aleshores, ¿a què ve aquesta necessitat

que em migri en una trista barraca, tot esperant un marit que mai no torna, perquè no l'atabalin les criatures, i cansat de la dona, ja tota feixuga i amb les mans fetes malbé de tant ventar patacades a les coques de moresc? Que no som feliços, tots tres? No pas, certament, en estones així, quan us poseu tots dos a repetir la mateixa carrandella; però, de totes passades, ben feliços... com ho diré?... de dos en dos. I que jo tinc d'afanyar-m'hi més que no cap de vosaltres, perquè cada vegada entro a la parella. I ara amb l'un, ara amb l'altre de vosaltres dos, segons a qui correspongui la tongada, em passejo, sospiro, escampo gràcies i postures, i sempre faig una, en qualsevol follia que us passi pel cap.

Figurant I: Flor de Iuca, no t'ho pensis en cap manera que jo sigui feliç. Quan et parlo, aleshores rai, em sembla que estigui a punt d'agafar la felicitat per la punta de l'ala; però bell punt em trobo desacompanyat, em ve la deeesperança.

Figurant II: A mi em passa el mateix; o bé és que m'ho sembla, perquè aquest i jo hem parlat tantes de vegades de quan ens desesperem, que ja hem confegit entre tots dos una sola manera de parlar-ne.

Flor de Iuca: Molt bé. ¿I encara no compreneu, pocasoltes, que la vostra desesperança és una cosa encisera, comparada amb els platxeris baixos i ordinaris dels altres homes? *(Com per a si mateixa.)* Malaventurats per culpa meva: quines paraules tan delitoses! Vejam, fem per manera d'entendre'ns: us estimaríeu més d'ésser lliures i *(cerca la paraula)*... desparellats? ¿No haver-me conegut mai de la vida? ¿I passar l'estona tots dos sols, com dos bajans?

Figurant I *(ombrívol)*: No.

Figurant II: No, ni pensar-hi.

Flor de Iuca: Ja ho veieu. Suposem que, al capdavall, perquè reeixíssiu en el que tant voleu, jo fes la tria. L'un de vosaltres haurà de deixar-me de banda per a sempre més... no us sembla?

Figurant I: Naturalment.

Figurant II: L'un de nosaltres dos estarà tot content: l'altre... serà un parrac.

Flor de Iuca: Però mentre jo no faci la tria, ni l'un ni

l'altre correrà cap perill d'ésser el que perdi. I, per-dre'm a mi, Flor de Iuca, ¿sabeu el que voldria dir per a qualsevol de vosaltres? Penseu-hi bé. Que ca-dascú de vosaltres s'ajegui a terra i s'agafi el cap amb les mans. I dieu-vos, en vosaltres mateixos: "Ja no la veuré mai més. Ara, ja és de l'altre." *(Ells dos s'a-jeuen, en silenci. Pausa.)* Vejam, fet?

FIGURANT I: Fet. És... esgarrifós.

FIGURANT II: Fet. *(Irat.)* N'hi ha per a rompre la cara al company! *(Al Figurant I.)* Sento molt que, l'altre, si-guis tu. Ja m'entens. *(S'aixequen.)*

FLOR DE IUCA: El que jo us dic és que, en *l'altre*, no us cal pensar-hi. El joc no està pas en això. Enteneu? Que cadascú de vosaltres s'imagini que ja no l'avicio més, que ja ha perdut tota il·lusió, que camina sense ob-jecte per algun lloc no mai sabut, amb les llàgrimes que li couen als ulls i la boca amarga. Envellirà de seguida, tot esgrogueït, parlant tot sol, mig geperut i mig beneitó.

FIGURANT I: Seria ben bé, si fa no fa, com tu dius.

FIGURANT II: T'he conegut d'ençà que érem criatures; i si ara em deixessis anar, cap cosa no em seria entene-dora, ni jo mateix tampoc.

FLOR DE IUCA: I un cop us trobéssiu en aquest estat, ¿no us estimaríeu més que jo no hagués mai escollit?

FIGURANT I: Sí... ho reconec...

FIGURANT II: Què en treuríem de dir que no?

FLOR DE IUCA: I bé, grandíssims babaus, si és com vosal-tres dieu, ¿per què torneu una i altra vegada a dema-nar-me que triï? *(Es posa a plorar, i tot seguit el Fi-gurant I i el Figurant II l'amanyaguen, cadascú pel seu costat.)*

FIGURANT I: Flor de Iuca, ens has convençut, però no pas perquè tinguis raó.

FIGURANT II: És veritat: m'ho has tret de la boca. *(Si-lenci; tussen tots dos, com fent-se un senyal.)*

FLOR DE IUCA *(molt decandida)*: Què estossegueu, ara? ¿O feu per manera d'insistir, altra vegada, en el mateix trencacoll?

FIGURANT I: No. Vine a seure, si et plau, en aquesta bella molsa. *(S'hi asseuen tots tres.)*

FLOR DE IUCA *(irònica)*: ¿No serà pas per a sentir la cantada d'un ocell mai no conegut?

FIGURANT I *(després d'una pausa)*: Tu diràs el que et plaurà, Flor de Iuca, però nosaltres t'hem de fer saber tres o quatre coses sobre el que ha passat aquest matí. I ara no es tracta pas d'aquelles coses dites sense saber com ragen, i que un hom les faria volar només que bufant per damunt dels dits. *(Fa aquest gest.)* Serà una parlada de bo de bo. Per això calia de seure-hi. Asseguts, tindrem més fonament. I les coses de bo de bo, sense fonament, s'esguerren. Aquest matí ens hem disputat, ell i jo, i, si ens les havíem, no era pas per tu.

FLOR DE IUCA *(furiosa)*: Per alguna altra dona?

FIGURANT I: Res d'això, per desgràcia. Tant de bo que hagués estat per una altra!

FLOR DE IUCA: Traïdor! Així goses parlar-me? A mi, que us estimo tant a tots dos!

FIGURANT I: Era per saber si ell o jo podríem tornar-nos déu.

FLOR DE IUCA *(estupefacta)*: Què?

FIGURANT I: Ja ha corregut pertot que, a la cerimònia de demà, un home al ple de la vida serà sacrificat i que es convertirà en déu tot seguit que hagi begut de la copa sagrada, oferta al moment que estigui per llevar-li el cor. La festa serà molt brillant; diu que han inventat una joguina nova per als menuts: un ganivetet de fusta (igual, en més petit, al de pedra que serveix per al sacrifici). És de per riure, naturalment, però, fet i fet, un hom s'hi pot exercitar. I no creguis pas que, de la gran diada, només la vileta en vagi plena: les cases estan a vessar de parents i amics molt afectuosos que han vingut de lluny, sense avisar. Bé, tornant al cas, aquest i jo hem tingut, cada un pel seu cantó, la mateixa pensada: veure cadascú si trobem costats perquè ens nomenin déu.

FIGURANT II: I ni l'un ni l'altre no hem volgut cedir. Hem determinat que faríem el que hi sabríem, cada un pel seu cantó. Si l'un de nosaltres és nomenat, serà un bon remei, perquè, el que se'n vagi, guanya molt, i el que resta, et guanya a tu: i això ens lleva, a tots plegats, un pes de sobre.

FLOR DE IUCA: Que me'n cal, de paciència! El que veig és que, d'amor per a mi, tot plegat, no n'hi ha gens ni mica. La vostra manera de cercar de tornar-vos déu, em sembla tèrbola. I, altrament, poc respectuosa. I ¿heu pensat que aqueix sacrifici el faran, en els nostres topants, per primera vegada? S'hi assajaran uns infeliços camperols que potser ni sabran com posar-s'hi, no faran sinó disbarats i trinxaran un pobre home, que serà menja de corbs. I, sobretot, un déu, un déu! Què és un déu? Algú de molt llunyà; fóra impossible de tocar-lo ni d'abraçar-lo; no és fet sinó de substància de somnis. Potser només és un badall que ve i va, cansat dels homes, com a mi mateixa em va succeint. Deixem aquest indret de perdició. *(Ella s'aixeca, ells també; ella es passeja davant d'ells.)* Mireu-me ben mirada: ¿no veieu, ara, com em brillen els ulls, com els meus llavis i les meves galtes tremolen en fent memòria de les vostres besades? ¿I els meus braços, que saben estrènyer fins que ja no veieu ni sabeu altra cosa? I no dic res del meu flanc, tan jove i tan vincladís, perquè ja l'esteu ullant com un parell de garneus. El que dóna més, és viure. I si els déus han volgut que fóssiu homes, no serà pas perquè oblideu els béns que teniu... a l'abast de la mà. Anem-nos-en plegats, i no ens entretinguem en ronseries.

FIGURANT I *(mentre comencen tots tres a partir)*: Insolent! ¿No se t'acut mai, a tu, de pensar en els déus?

FLOR DE IUCA: Mai no penso en altra cosa que en mi mateixa. Em manquen les estones... per a coses que es perden de vista. *(De sobte.)* Ah, però sí! Tinc una pota de conill i cada dia li demano la sort.

(Desapareixen tots tres, rient.)

ESCENA TERCERA

L'ESCABELLAT, EL BEN COFAT *i els seus* DOS ASSISTENTS.

Un jardí, amb un banc de pedra. A un costat, una paret, encara en construcció. És de nit. Dues torxes il·luminen l'escena. EL BEN COFAT, L'ESCABELLAT *i els* 37 *dos* ASSISTENTS *acaben de menjar. Els* ASSISTENTS *retiren la vaixella, de terrissa fosca, i la porten, per un esvoranc, a l'edifici començat.*

L'ESCABELLAT: Com a hoste, si més no, mereixes la més gran anomenada.

EL BEN COFAT: El bon plat ocupa la boca, permet la prudència i distreu les inquietuds. He volgut fer honrament a la teva vinguda, oh convidat que em porten els déus i arriba a l'hora del destí.

L'ESCABELLAT: Ah, ja era hora! A l'últim he vist un somriure dels teus amics, quan pronunciaves el mot "destí". Abans, havien semblat de fusta. Digues, no parlen mai? ¿O els prohibeixes de parlar mentre mengeu?

EL BEN COFAT *(als dos Assistents)*: Responeu-li vosaltres.

ASSISTENT I: És veritat que poques vegades entrem en la conversa...

ASSISTENT II: El que fem servir, no tant és la llengua com el braç.

L'ESCABELLAT: I així i tot escolteu, em sembla.

ASSISTENT I: Les paraules enganyen tot sovint. Però en acabat reboten. I, a fi de comptes, traeixen les intencions...

ASSISTENT II: I no és pas que tinguem per sol ofici d'escoltar; quan n'arriba l'hora, també ens pertoca la manera de l'acabament.

L'ESCABELLAT: I, tot plegat, sense cap fressa... Després de tot, un innocent trobaria que us assembleu al vent malcarat que empolsega les atzavares o al núvol negrenc que, tot i passant alt, enfosqueix l'aigua del riu.

EL BEN COFAT: Són gent fidel: amb això n'hi ha prou. Val dir que tots plegats ens sentim desficiosos, amb una mena d'angúnia, i de vegades parlem desgavelladament. Ens trobem, nosaltres, a la vetlla d'un gran dia. Demà, per primera vegada, tindrà lloc en aquest indret el sacrifici a la Doble Deïtat. Demà sabrem si és que la Granota vol ésser adorada allà on se'ns féu avinent, o si convindrà que li bastim un temple generós al mig de la vall... Bé saps que de seguida que la víctima hagi begut el vi de l'ofrena, participarà de la natura de la Deessa. Ah, la sol·licitud de la Granota,

que ha volgut afavorir el nostre país, ens en fa orgu-
llosos. Ella és penyora de potència i d'esclat veni-
dors. I veu's ací perquè és de tanta d'importància per
a nosaltres el que llegirem en el cor arrencat a la víc-
tima. Però deixem, per ara i tant, aquests afers. Tor-
nem a la conversa que havíem començat. Conta'm la
història dels teus viatges.

L'Escabellat: Com tu vulguis. No has pas oblidat, bé
ho juraria, que sempre he estat de mena altívola,
amb menyspreu i tot de la meva condició reial. La
sola cosa que em plagués, era d'amagar-me en una
afrau solitària. Allí em dava goig d'obrar les meves
imatges en la pedra. Volia fixar en aquella duresa in-
diferent una bella cosa que hagués vist. Després, per
un seguit de dies, estava content del treball de les
meves mans; després, me'n descontentava. I, final-
ment, eren les provatures de la meva mà les que
m'ensenyaren a veure millor... Sedent de bellesa, vo-
lia veure altres menes de món per a néixer de bell
nou, i qui-sap-les vegades. I vaig fugir, més enllà. I
anava terra endins, endins, sense girar el cap endar-
rera, enlloc no retingut per un sostre, ni lligat pel
costum... Un dia, vaig venir a les terres altes. Desa-
lenat, em vaig estendre prop d'una roca. I estava per
adormir-me quan, amb les parpelles mig closes, dant
una mirada al voltant, com qui tasta la bellesa de tot
junt, em vaig témer que descobria en la pedra la
forma de dues granotes...

El Ben Cofat: Així és que vols suposar...

L'Escabellat: Espera't. Vaig passar set dies aturat ací; i
de temps en temps donava a aqueixes formes de pe-
dra algun cop del meu cisell d'obsidiana (que duia
sempre), per a refermar aquelles semblances.

El Ben Cofat: Llibertat impia!

Assistent I: Sacrilegi!

Assistent II: Sacrilegi!

L'Escabellat: Ah, no ho arribaríeu mai a entendre, vos-
altres! Ni ningú d'altre: qui sap? Però escolteu: l'Ai-
gua m'ha fascinat d'ençà que sóc al món. No pas una
divinitat sempre amagada en els núvols o en les en-
tranyes de la terra. Els núvols no són empesos sinó
pel vent. Les entranyes de la terra són cegues. Men-

tre que l'Aigua, la que viu amb nosaltres, és una pu-pil·la infinita que ens mira. Mudable i constant. Amorosa i cruel. Ella comprèn la nostra corrupció. Ella comprèn la nostra puresa. ¿Com no fóra divina la Granota, ella que és l'aigua mateixa, la seva veu sonant? Els meus cops de cisell, a llur manera, eren adoració. I ja des d'aleshores m'aparto dels homes i visc d'un pensament, que és sempre igual. I em penso que aquest pensament em fou revelat.

EL BEN COFAT: Revelat, dius? Així, doncs, parles com un rival.

L'ESCABELLAT: En cap manera. No cerco de mostrar-me a ningú. Em consolo d'aquests parracs. No vull més poder, més amistat ni més anomenada que el meu pensament mateix.

EL BEN COFAT: ¿I podries dir-me quin ve a ésser el teu pensament?

L'ESCABELLAT: De bon grat. Per a desarmar-te una ve-gada més. ¿No et recordes de la figureta de la Gra-nota, per a l'ús de bruixots? Rodona com una cas-sola, perquè mostrés, amb la seva forma, que no te-nia començament ni fi. Amb potes ondulades com les ones que fa l'aigua, perquè es veiés quin era el lloc del seu imperi. En la imatge, però, el que hauria d'atreure'ns és la vida. El que no és més que senyal, no és sinó fredor: no hi ha cap moviment en el cor de qui el mira. Aquell mal ninot no sabria inspirar l'a-mor. I, parlant clar, no serveix sinó per a guanyar poder damunt d'altres homes. Perquè aleshores el bruixot i el sacerdot vénen i ens diuen que només ells saben interpretar els senyals... Però la doble Granota s'ha manifestat en aquests indrets en forma vivent de veritable granota. I igualment que aquest arbre, aquest núvol, que es mouen, cerca parlar-nos a cada un de nosaltres en el seu llenguatge i segons la seva naturalesa. Ve per a refer, en esperit, la unitat pri-mera de l'Aigua, d'on tota cosa va néixer. I, en pen-sant-hi, al cap de set dies d'aturada, vaig dir, proster-nat: "Divinitat de l'Aigua, reina de l'aigua morta i de l'aigua viva, mare d'una fillada —rierols i núvols—, que travessa la terra i el cel. Tu que m'has parlat sense enigmes bell punt, en la teva parença de roca, he deixat les marques lleugeres de les meves mans, vulgues, si et plau, ésser descoberta en aquesta muntanya, i lliurada a les adoracions. Per aquest averany, podrà saber el lliure estatuaire que li permets de mostrar-te així com ets verament quan nedes i quan saltes... Podré contar aleshores el secret d'aquest bell encontre, i acabaré la meva tasca." I veus ací perquè he tornat. Per a saber la resposta. ¿És venerada ací la deessa? I els déus, tan severs i llunyans darrera el símbol, ¿han volgut fer-se més atansats i més clements? ¿Omplen finalment els esperits dels homes amb llur vera essència?

EL BEN COFAT (als seus Assistents): Parleu vosaltres de primer. Sigueu l'assaig de la meva decisió. Jo li diré en acabat, amb plenitud de poder, la manera i el terme i el perquè.

ASSISTENT I: Potser a aquest home, quan dormia, els raigs de la lluna li endanyaren el cap. Tanmateix, sigui com sigui, ha posat mans profanes damunt d'una imatge sobrenatural, damunt la nostra estàtua, que és do perfecte i absolut.

ASSISTENT II: Ell mateix es proclama temerari. Ha viscut com un dessenyat en les rocateres. S'ha alimentat de fruits deixadissos i d'idees sense fonament.

ASSISTENT I: Quina deessa adorem, si li calien retocs? ¿I quina deessa adoraríem, si li vagués a ell de compondre-la al seu gust?

ASSISTENT II: Quan tot això sigui escampat, algú haurà de passar per mentider: o bé ell o bé nosaltres.

EL BEN COFAT: Heu parlat amb saviesa. Que la Granota m'inspiri, ara que cal fixar una decisió. Aquest fill de rei, el conec d'ençà de la infantesa, i estic segur que en el seu esperit, que és dels que desestimen el guany, no hi ha cap intenció d'impostura. Tampoc no convindrà que ningú imagini que la tenim nosaltres. Pel que fa a la divinitat, no li haurà escaigut, a ella, de manifestar-se com si vacil·lés entre dos vivents que no estan pas d'acord. ¿Quin serà, doncs, el millor partit al qual puguem recórrer? No veig sinó el de consultar-la. Estic segur que ella desnuarà aquest nus... Aquest amic august de la meva infantesa fou certament afavorit, ja que la Granota començà per mostrar-se-li. Però jo entenc el prodigi amb ben altre sentit. No fou sinó com testimoni de la seva divina presència en aquelles pedres que ella va voler, per una primera vegada, el príncep, abans que jo no comparegués: així, qualsevol acusació d'astúcia o bé d'engany adreçada contra mi era destruïda per endavant. Tal fou la intenció de la doble Granota. Perquè, en el seu gran coneixement, endevina que els homes no obeeixen la Divinitat sinó sense adonar-se'n, convençuts que no compleixen sinó llur voluntat particular. I, avui ¿com interpretarem l'arribada del príncep?

No és pas dubtós que la Deessa l'ha volguda. Ahir vam aplanar el terrer del sacrifici. Sabem, d'altra part, que la víctima, subtilment indicada per la divinitat, i sacrifici segons els rites, esdevé la divinitat mateixa... Només així, talment, l'ofrena serà digna d'ella. En enviant-nos el príncep, la doble Granota designa clarament l'emissari que vol rebre en el seu sojorn. *(Girant-se vers l'Escabellat.)* A l'alba t'uniràs, encara vivent, a l'ésser de la doble Granota, i seràs déu tu mateix. Les paraules que surtin de la teva boca abans d'ésser sacrificat, resoldran sobre la divergència dels nostres parers, per a la major glòria d'Ella, per a la més gran puresa de la Fe. *(Als seus Assistents.)* Emporteu-vos-el... i no oblideu pas les precaucions necessàries.

L'ESCABELLAT: Les meves paraules serien inútils. I, el que pensi, només a mi em pertany.

ACTE SEGON

ESCENA PRIMERA

Els dos Assistents del Ben Cofat, l'Escabellat i,
successivament, la Bruixa, l'Apariador de Plomes i el
Boig.

*(Una terrassa, a muntanya, al mig de la qual s'eleva el
lloc del sacrifici. Nit transparent, tropical. Els dos Assis-*
tents del Ben Cofat han lligat la futura víctima amb
grosses cordes. Uns graons baixen fins a un caminal per
on, al començ de l'escena, passa alguna gent.)

Assistent I: Aquests lligams no són ben bé lligam. El
    culte així ho proclama. Són els dits mateixos del
    destí. I el destí no és oprobi.
Assistent II: Aquesta nit, no és pas la nit. El culte així
    ho proclama. És una espera. I una vigilància. I una
    promesa. La promesa no és pas negror ni boirada,
    sinó finestra de l'ànima. I, la llum, és en l'ànima ma-
    teixa.
Assistent I: Aquest terrer tan eixut, no és pas eixutor ni
    duresa. És la cambra amagada on el gra llavoreja, és
    llit d'amor, és sòcol d'esperances invisibles. El culte
    així ho proclama. I així ho entengueren els savis.
Assistent II: El culte declara una altra cosa, i els savis
    també ho entengueren. La parença no és. El que apa-
    reix, desapareix. Quina desolació! Però el que és,
    transpareix. La vida és un pendís de curta amplada; 43

al seu terme hi ha una gran porta, negra davant i resplendent darrera: és el secret de la vida i de la mort.

L'ESCABELLAT *(per a si mateix)*: He pensat, més d'una vegada, que si moríssim en pau, clars i sense feblesa, acabaríem tancant els ulls mortals com una conquilla que guardés la perla de la curiositat.

LA BRUIXA *(que, vinguda pel caminal, voldria pujar els graons)*: Nobles persones, servidors de la Granota...

ASSISTENT I: Allunya't d'aquest indret, i digues a tots els altres que s'allunyin. Passades d'altri ací, paraules d'altri, rebaixarien el misteri.

LA BRUIXA: Perdoneu, senyors, aquesta malaventurada. No pujaré ni un graó més. Però tingueu pietat de mi, i concediu-me una bona promesa que em reconforti en els meus dies tardans. D'aquest que no trigarà a fer companyia a la Granota, voldria algunes deixalles, i coses d'aquelles, bones per a llençar, que li haguessin pertangut. Els que es moren tots sols, sense que ningú d'altre no hi doni un cop de mà, no tenen virtut per a res, i les cosetes deixades pel que mor crispat no deixen mai de reeixir.

ASSISTENT I: Torna demà, i escombraràs. I, alguna vegada, porta ofrenes, perquè així la divinitat et vegi de bon ull!

LA BRUIXA: Per al bé que necessito, em basta amb la meva escombra, i algunes paraules que jo mateixa no entenc, més velles que les divinitats. Nobles senyors, perdoneu aquesta malaventurada. Perdoneu la meva capta i les meves follies. Demà seré ací amb la meva escombra, abans que hi davallin els corbs.

> *(Se'n va pel caminal, la mà sobre la boca, per a esmorteir la seva rialla estrident.)*

L'ESCABELLAT: La idea d'aquests aprofitaments em fa la mort fastigosa.

ASSISTENT I: Sempre és un consol de pensar que quan us saquegen d'aquesta manera, ja no hi sou per a haverne esment.

L'ESCABELLAT: Sens dubte, en casos sense remei, un gran mal us consola d'un de petit.

L'APARIADOR DE PLOMES *(acostant-se als graons, sense pujar-los)*: Senyors, tinc existència de grans quantitats de plomes, de colors naturals o bé tenyides; plomes d'un sol color o bé amb coloraines; plomes per a cofadures, diademes, cintures, penjolls i ventalls. He sentit dir que es preparava un sacrifici important per a la inauguració del *Lloc*. Em permeto, doncs, d'oferir les meves millors novetats: plomes planxades, escarolades, rullades o bé artificialment eriçades, per als efectes d'emoció i de terror. I, vista la importància que tindria per a la meva reputació l'encàrrec d'una cofadura per a la víctima, us ofereixo les condicions més avantatjoses, tant en el preu com en la forma de pagament...

ASSISTENT II: Prou. Algú altre ha estat ja encarregat de la provisió de plomes. Sí: un artista més acurat que no pas tu, i no pas tan lladregot.

L'APARIADOR DE PLOMES: És que les meves novetats...

ASSISTENT II: Prou, he dit. Allunya't d'aquest indret, i digues a tots els altres que se n'allunyin. Passades d'altri ací, paraules d'altri, rebaixarien el misteri. (*L'Apariador de Plomes, recós d'anar-se'n, sembla desesperat.*) Qui ofengui el misteri, perdrà salut i vigoria corporals, i la seva anomenada en el poble, i fins la seva vida. (*L'Apariador de Plomes segueix ronsejant, amb gestos extraordinaris.*) I... els seus clients. (*L'Apariador de plomes fuig esgarrifat.*)

L'ESCABELLAT: ¿Qui és aquest vianant que s'acosta pel camí? (*Al cap de poques paraules més entrarà el Boig.*) Quina mena de posat no té! I el seu cabell és més despentinat que el meu.

ASSISTENT II: Fa de mal dir. Un savi o un boig. Parla com si fos en endevinalles. Ningú no sap encertar si són veritats que li hagin vingut en el somni o si són confusions d'un esperit encara no despert.

EL BOIG (*mira de fit a fit la víctima, i diu al capdavall*): Ets tu el que està a punt d'ésser déu? ¿Tu el que farà la ganyota sota el negre coltell? Jo vaig poder arribar a ésser déu sense cap entrebanc i per les meves soles arts; cal que afegeixi que mai no ho he trobat remunerador. Senyor de tot, em sentia més lligat que no ho ets ara. Arribo a suposar que sempre va errat el que cerca de sortir de la seva condició. Si a l'alba et fan déu, però restes ajegut a terra, sense poder-t'hi estirar ni rebolcar ni aixecar-te a trepitjar-la ni veure   45 la llum, poc tindrem res a dir-nos. En canvi si, en essent déu, encara pots redreçar-te, quan sentiràs que la força de l'enlluernament gairebé et bada el cap, cerca de veure'm. Podré comunicar-te tota una ciència, darrera del meu experiment. He estat el que seràs, i he sabut guardar tot el meu cor i una part del meu cervell, encara que de vegades no arribi a entendre les coses que els ximples troben més serioses i que, segons ells, donen més.

ASSISTENT I: Allunya't d'aquest indret, i digues a tots els altres que se n'allunyin. Passades d'altri ací, paraules d'altri, rebaixarien el misteri...

EL BOIG: El misteri no ha mai existit. (*Aixeca les espatlles i se'n va.*)

ASSISTENT I: És boig, i ho és de cap a peus. En fi, és el moment, segons el tomb de l'estelada, de suspendre la nostra vigilància. Que el nostre futur emissari resti sota la guàrdia dels esperits. El boig que acaba de deixar-nos, és sempre el darrer que va a colgar-se, perquè ha desaprès la son. En la darrera tongada de la fosca, els ulls mortals no saben reconèixer qui passa, i és només pel sobresalt de les fulles i de l'aire que es revela el trànsit perillós dels invisibles: duen el fred als miseriosos i la mort als malalts; posen paranys a la mirada i al peu de l'home; estenen, de l'una mata a l'altra, les teranyines de la dissort. (*A l'Assistent II.*) Anem, anem a vetllar, a la vila, els darrers preparatius. Perquè, a la seva hora, s'acompleixi el destí, del qual depenen tantes de coses... (*Se'n van, l'un darrera l'altre. L'Escabellat resta sol.*)

ESCENA SEGONA

L'ESCABELLAT, *i ben aviat*, LA SENSE NOM

L'ESCABELLAT (*després d'una pausa*): He de morir? (*Ningú, res no respon.*) Cap núvol no passa, cap ocell de nit no gemega, ni un estel no cau...
(*Es va veient, al costat del camí, un moviment dins la bardissa: en surt un fantasma indecís, ple de por.*)

La Sense Nom: Està lligat de pertot. No podrà fer-me cap mal.

L'Escabellat: Què vols?... Qui t'envia?... ¿Tens metzines? O bé un punyal? Si són ells qui et fan venir, i t'han encomanat alguna cosa, vine i acaba.

La Sense Nom: Ningú no m'ha enviat. Ningú no em coneix. He vingut perquè estàs lligat de pertot. Jo, que tinc por de tot el que veig, vull, aquesta vegada sense por, veure un home. Perquè tu, en aquests cabdellaments de corda, i jo, sense defensa, ara és com si fóssim iguals. Ja no pots fer-me cap cosa mala, si no és per la força d'un mal pensament. Però això!... Fa molt de temps que porto la càrrega dels mals pensaments de tothom. El món insulta qui fuig; el món maleeix qui no és de ningú.

L'Escabellat: Penses que jo t'hagi fet cap mal? Perquè sembla que et paguis de la meva dissort com d'una venjança.

La Sense Nom: Els que van on ells volen, són dolents, Què caldrà dir dels que estan lligats?

L'Escabellat: ¿Tu què en saps de coses i de gents dolentes? Ets amb prou feines dona, i espantadissa com un conilló a la primera sortida del cau.

La Sense Nom: Tothom que fa por és dolent: ho sé bé prou.

L'Escabellat: Diuen que estic per a morir. ¿Et penses que sigui dolent, de morir?

La Sense Nom: Sí. Perquè el que no obre més els ulls, espanta. Quan la meva mare va morir, els ocells van gemegar, i els mateixos esperits van tenir por. I ella, com si entrés en una cova molt fosca i plena de feres mai no vistes, se'n va anar, ulls closos, orelles closes, sense sentir-me a mi, que la cridava.

L'Escabellat: Jo espero la mort sense temença.

La Sense Nom: Potser tampoc no et feia por de viure.

L'Escabellat: En la vida més migrada, hi ha senyals de claror que hi traspunten, i cal servir-los, arriscant el que sigui. Els perills mateixos són una part d'aquest encís de curta durada; i, un cop passats, en sentim enyorament. I fins sembla que les treballades més dures van ésser les més riques.

LA SENSE NOM: No sé què vols dir... no entenc aquestes paraules.

L'ESCABELLAT: Potser ni eren per a tu. He dit una complanta al meu propi record, tot sol i per a mi tot sol.

LA SENSE NOM: No hi fa res; parla; encara que no t'entengui. Digues les paraules com te vinguin, sense cap destorb.

L'ESCABELLAT: Tot plegat, potser valia la pena de viure entre els homes cecs i les coses mudes. Alguna vegada, he vist aprimar-se la humil disfressa del costum en l'arbre, en el núvol i en la ignorància humana, i aparèixer el desig, encara incert, d'una nova expressió. Si aqueixes clarianes no s'esvaïssin tan de pressa, seríem semblants als déus. He volgut servir i retenir la bellesa mig vista, i gravar-la en la pedra perquè durés; i és possible que la mort no sigui sinó el càstig de la meva ambició. Ben mirat, he estat com aquell que, en el somni, descobreix on s'amaga el tresor, però que, despert, es veu mutilat dels dos braços.

LA SENSE NOM: El que dius sona dolç com les cançons que la mare em cantava quan jo era petita i tenia ganes de plorar. Tampoc no les entenia, però, més tard, ella va dir-me que, havent-les sentides, se'm veia encara somriure en el son... Digues-me una cosa: ¿aqueixa mena estranya de clarors que et plaïen i que es desfeien, t'han ben robat el cor?

L'ESCABELLAT: Com no res més de la terra.

LA SENSE NOM: I si em feies una promesa en llur nom, la guardaries?

L'ESCABELLAT: Com si l'hagués feta per tots els déus i esperits immortals.

LA SENSE NOM: Promet per elles que no em faràs cap mal en havent-te deslligat.

L'ESCABELLAT: Mira'm de fit a fit, i pren-ne fermança: prometo. ¿Com podria jo ferir qui ja no sap si tremola de por o de pietat?

LA SENSE NOM: No sé com és, però et crec. *(Va a deslligar-lo.)* Per aquest tomb de corda que desfaig, destrueixo la meva sospita; per aquest altre tomb que desfaig, destrueixo la meva solitud; pel darrer, i tot desfent els dos nusos de la corda, el que faig, potser, és lligar-me jo mateixa. *(Després, corre cap a l'altre costat de l'escena, i s'amaga els ulls darrera les mans.)* Ara tu vine cap a mi... que senti les teves passes... Les passes de la gent em fan por, i corro a amagar-me; però vull conèixer les teves per a arriscar un cop d'ull en la brosta quan hauré retrobat les teves petjades. *(Ell camina vers ella.)* Passes sense mal, passes sense amenaça. *(L'Escabellat arriba on ella és i li pren les mans.)*

L'ESCABELLAT: Qui ets, tu? Potser no ho sàpigues ben bé... Com la punta de l'alba, que es demana ella mateixa si és ombra o és claredat; com el sospir molt lleu, que es demana si és remor o és silenci.

LA SENSE NOM: Ho sé ben poc. Sóc esquerpa, com un animal empaitat. Quan l'angoixa em nua el cor, la dic, entre les dues mans, a un forat de la terra. Visc a l'aguait dels que passen, contenta quan s'allunyen. No só pas com les altres: qualsevol podria matar-me, perquè no tinc nom. Matar-me a mi seria com si no matessin. La meva mare fou arrabassada en la fosca per un home, i mai no s'ha sabut res d'ell. Quan va sentir que jo li era feixuga, la meva mare va anar a recerar-se a muntanya. I li vaig néixer d'aquella por. Fins els ocells i els animals terrers em miren com travessant-me el cos, com si jo no existís, perquè no tinc nom. La meva mare m'anomenava de vegades el seu goig, de vegades la seva dissort. Però no et pensis que jo sigui dolenta. I veus, si jo hagués estat com els altres, que poden portar ofrenes als déus, perquè poden dir qui els les dóna, no t'hauria pas deslligat, perquè, per a aquell que tracta amb els déus, deslligar una víctima és un crim. Però jo só bandejada i fora de llei; i et planyo, i no em cal altre pensament. No tinguis cap temença. Só jo qui tremolo com l'ocell en mà d'un infant, que no sap si la mà l'amanyaga o l'ofega. Tanca els ulls, si vols que encara et parli; perquè quan m'escau que et miri, em salta el cor.

L'ESCABELLAT: Vet ací els ulls closos. Em lliuro a tu, ben bé. *(S'asseu, per a restar mig ajagut.)* I tu, digues, encara tens por?

LA SENSE NOM: És una temença nova, amb una feblesa que no dol.

49

L'Escabellat: Som dos desemparats, per raons dife-
rents. Tu vas néixer sense defensa, i jo poderós...
Però, després, jo també esquivava els pobles i la
gent, i fugia a les coves o entre els manyocs de la
brosta... Hauríem de partir d'aquest lloc. *(Ella s'as-
seu al costat d'ell, gairebé ajaguda.)* Els homes no
ens tractaran sinó amb la sageta o el ganivet... I, tan-
mateix, no sabria pas moure'm, closos els ulls i sen-
tint les teves paraules com una música. Digues-me
com ets. Parla'm de tu.

La Sense Nom: Só una sense nom. El meu pare, per la
seva falconada d'un moment, em va donar la vida,
però va emmetzinar la meva mare com si fos amb
una herba de llarga mort. De la meva mare vaig
aprendre com se tremolava; i quan les males recor-
dances li entenebrien el cap, em maleïa. Só com la
fulla del tany, que mira, amunt de la soca, les fulles
nades en el bell indret... Tinc por de moltes coses: de
la guspira dels altres ulls, del riure dels homes, de la
pietat de les dones, i de l'esperit de la mala sort, que
és així com el serpent de l'aire, que mai ningú no
veu, però que es deixa trair per un torterol de pols,
quan es redreça i xiula... ¿De bo no et cansa que jo
parli? Escolta encara, abans que no t'adormis. Tot el
que et dic era en mi mateixa, i tot sovint, sola com
era, m'ho aturava a la boca i em semblava de perdre
l'alè... ¿I veus ara com surten les meves paraules?
Com les primeres gotes de pluja darrera l'eixut, que
s'acuiten a ésser les primeres perquè volen trobar la
terra ben delerosa.

L'Escabellat: No m'abelleix pas de dormir... M'has
desvetllat tan bé que em sembla que fins avui no hagi
fet sinó dormir. Escolta ara el que et demano. Quan
aquella gent vindrà, cuita a amagar-te; si calgués una
defensa, jo em defensaria tot sol. Posa'm al damunt
les cordes, així com eren, però sense nusos. I, sobre-
tot, que no semblin tocades.

> *(Ella s'aixeca, i després ell; l'Escabellat torna al
> lloc mateix on l'havien deixat, i la Sense Nom
> ajusta la corda, tremolant.)*

La Sense Nom: Podré tenir confiança? ¿És veritat que ja
no penses morir?

L'Escabellat: No voldria morir, per ara. Però quan caldrà morir, avui o més tard, me n'aniré per un aire sense noses, amb les teves paraules damunt del pit, com una branca florida.

La Sense Nom: Que aquests llavis teus no parlin més de mort, perquè aleshores els meus pensaments s'allunyen i la meva veu s'esquerda.

L'Escabellat: Calla també tu mateixa, i esperem el fred de l'alba. Ara, entre la darrera escomesa i la primera esperança, veig sencera l'obra dels déus. Voldria parlar-los de coses que han d'ésser dites ànima endins, amb el pensament. Jeu a prop meu i no em facis baratar la meva força per la cadena de la teva veu.

La Sense Nom *(després d'haver mirat, desconfiada, al seu volt):* Seré com una morta. *(Encara dreta, i inclinant-se envers ell, amb veu baixa i a poc a poc.)* Morta amb tu.

> *(Teló, o interval d'obscuritat, per a disposar el nou ajust de l'escena.)*

ESCENA TERCERA

L'Escabellat, el Ben Cofat, els dos Assistents, Flor de Iuca, dues Donzelles, Cantors, Espectadors.

(La llum del dia comença d'il·luminar la mateixa escena. L'Escabellat dorm, boca terrosa i semblant encara lligat. Apareixen successivament, en processó: tres noies, la primera de les quals és Flor de Iuca; el Ben Cofat i els seus dos Assistents, l'un portant un vas i l'altre un llarg coltell d'obsidiana; cantors, l'un d'ells duent la màscara de la Granota; i després, en desordre, la multitud dels fidels.)

Flor de Iuca *(escampant flors):* Veus ací les flors, filles del dia, que es lliuren al vent; llurs calzes acaben esfullant-se damunt l'aigua que els mena a l'Illa secreta on renaixeran. Les flors encisen les ànimes. Amb joia, cenyeixen els vivents; amb pietat, vesteixen els morts. Les flors eleven els nostres pensaments fins a la garlanda dels déus, que és immortal.   *51*

UNA ALTRA NOIA: Una vegada, hi havia qui pregava perquè mai més no morissin les flors. Veu's ací, digueren els déus, una pregària d'homes. La resposta del cel és que per cada flor marcida, mil d'altres en naixeran.

TERCERA NOIA: Un dia molt rúfol, la Granota cercava algun rastre del sol. I no va trobar-ne cap. Però va veure el reflex d'unes flors grogues, i se'n consolà. Quan els déus miren la terra, més s'alegren de les flors que no pas dels homes. Quan vindrà el dia que estiguin satisfets dels homes, diran que les flors s'escampin per les mateixes cavernes de la mort.

(Les tres noies s'allunyen; se senten dues o tres mesures dades amb peces de fusta: el cant, senzill i lent, comença en acabat. Evolucions, feixugues, primitives, entre els cantors; no encara, pròpiament, una dansa.)

EL COR: Cercles de l'Aigua, mirades del món.

UN CANTOR: Què diu ton cant, Granota, en l'aigua verda?

EL CANTOR DE LA MÀSCARA:
Feble, gement, carregat de centúries
el sol xaruc em demana més sang,
ben carmesines l'aurora i la posta:
és als dos caps de la nit insondable
quan, dins la jaça, té fred.

EL COR: Cercles de l'Aigua, mirades del món.

UN CANTOR: I quina fou ta sagrada resposta?

EL CANTOR DE LA MÀSCARA:
Jo n'he roncat amb afany les paraules:
i bé, ¿què hi guanyo, Senyor, si t'adreço
des d'un bassal, podridor de les coses,
llargues anelles de boira vermella,
oh vell de pobres tentines?

EL COR: Cercles de l'Aigua, mirades del món.

UN CANTOR: Què va respondre't el Pare dels dies?

EL CANTOR DE LA MÀSCARA:
Diu: jo llavors, embriac de l'ofrena,
daré al desig escampat força nova:
damunt la gent i els serpents i les feres,
escamparé les tortures, les ires
i la mentida i l'amor.

EL COR: Cercles de l'aigua, mirades del món.

UN CANTOR: De quina mena de sang vol l'ofrena?

EL CANTOR DE LA MÀSCARA:

De la més gaia, la més generosa,
la de donzelles tot just borronades,
la de minyons que somien bellesa,
la sang dels purs, fascinada, en la fosca,
pel gran contorn esteŀlar.

EL COR: Cercles de l'aigua, mirades del món.

UN CANTOR:

I, quin serà ton escreix, oh Granota?
Tot de collites feixugues i grasses:
temples, palaus on es bolquin les menges,
els meus servents fent filera de pobles,
i arreu, si cal, per a abatre les viles,
l'aigua i la flama, germanes bessones!

EL COR: Cercles de l'Aigua, mirades del món.

(Els cantors van a posar-se al costat oposat al dels fidels. El Ben Cofat i els seus Assistents s'adrecen cap a la víctima.)

ASSISTENT I: Granota, ròdol permanent de la vida universal.

ASSISTENT II: Nova sobirana dels Set Volcans.

ASSISTENT I: Acull el missatger que t'enviem.

ASSISTENT II: Tu que el coneixes, tu que l'escollires en convocant-lo vora teu.

ASSISTENT I: Beurà el vi de la teva immortalitat, el vi que preparàrem amb metzines i contrametzines, amb mel i rosada i suc de flors i aigua conservada pura al cor d'una roca.

EL BEN COFAT: Oh Tu, Granota, per les darreres paraules de qui s'unirà amb tu, per aquells senyals seguríssims en el cor que li arrancarem, declara si vols ésser venerada al ras, mesclada a les escomeses joioses dels elements, o bé si acceptes la protecció i la riquesa d'un temple gloriós!

Oh Tu, per aquestes entranyes que esdevindran teves, i per les quals et comunicaràs amb mi, digues també si prefereixes d'ésser venerada tota rústica, com si estiguessis disposant-te al salt, o bé, molt honorablement, sota els ornaments emblemàtics, únics que semblen convenir a la divinitat absoluta! La teva voluntat serà acomplerta. Però recorda't que, on no hi ha símbol, l'atribut desapareix. Si la divinitat no depèn de l'home, bé depèn de l'homenatge.

I ara *(adreçant-se als Assistents)* abans no l'afranquiu dels seus lligams, deu al meu amic la copa sagrada. *(A l'Escabellat.)* Home mortal, et dic adéu. Havíem estat amics, però mai no vàrem atènyer una unió com la que s'establirà, en el moment del sacrifici, entre la divinitat, el sacerdot i tu, l'ofrena. *(Als fidels.)* I tots vosaltres, tremoleu i alegreu-vos. El que ací s'esdevingui, serà la voluntat de la Granota. Tot el que succeeixi és obra seva.

L'Escabellat *(alçant-se d'un bot)*: Tremoleu i alegreuvos. La Granota ha desfet els meus lligams! La Granota m'ha volgut lliure! Perquè ara és present entre nosaltres! ¿No sentiu la seva veu? ¿No sentiu el que ens mana al sacerdot i a mi? La seva veu ordena: "Beveu tots dos de la copa sagrada, i seré jo qui triarà la víctima". I ho repeteix, i la seva veu ressona més forta en nosaltres que el batec del nostre cor. *(Al Ben Cofat.)* Davant d'aquesta veu imperiosa, ¿què podrà la teva sacrílega voluntat, que es serveix de la Granota per a plans obscurs? *(Al poble.)* Vosaltres que m'escolteu, si les paraules de la Granota us penetren, sortireu d'ací millors i més aciençats —mentre que el sacerdot, tot just apareguda la divinitat mateixa, es desconcerta i és sobrer! La Granota ha dit: "Salto al mig de vosaltres, i ja tot és canviat." *(Senyalant amb el dit el Ben Cofat.)* I has canviat tu mateix, tremolós i pàl·lid com la cendra. En tu mateix, tot el que era mesquí començà d'esvair-se. *(Assenyalant els Assistents.)* Pel que fa a vosaltres, el vostre destí és d'obeir. Per a això us van posar al món les vostres mares. Per a obeir sense entendre. I ja us adoneu que la vostra fidelitat canviarà de camp. *(Al poble.)* Escolteu ara, tots, tothom. ¿No sentiu el gorgolament de les aigües que envaeixen el lloc del sacrifici? Són les del primer estany de la Granota inicial, del primer estany que encara va expandint-se en els rius i les mars de tot el món. *(Amb un frenesí creixent.)* Vegeu com l'aigua resplendeix! Com puja, com s'escampa! I ja ens volta, i ens mulla els peus... i puja encara, i tots nosaltres no som altra cosa que llot de l'estany, argila de terrisser per a obrar-hi coses de nova forma i color. Veu's-la ací, la Granota al mig de l'aigua; al seu voltant hi ha una neixor de flors.

(*Amb força.*) Preneu aigua d'aquesta i mulleu-vos-en bé, i us tornareu purs i novençans. (*En l'aigua imaginària fa sòbriament, els gestos escaients, i tots l'imiten.*)

Preneu d'aquesta aigua i beveu-ne, perquè l'amor us uneixi. (*Fa el gest elemental de prendre aigua i portar-la a la boca.*)

I la Granota diu encara: "Beveu tots dos, els dos amics, de la copa sagrada, i jo resoldré qui de vosaltres dos hi trobarà la claror, qui hi trobarà el poder. Jo mateixa escolliré l'ofrena." En aquest instant, en aquest instant precís, afegeix: "Salto al mig de vosaltres, i tot ha canviat." No és això el que diu? Ja ho veureu. (*S'adreça a un dels fidels.*) Què diu la Granota?

UN FIDEL (*amb ulls esgarriats*): ...Só jo... qui escollirà l'ofrena... Salto enmig de vosaltres i... tot ha canviat... Així ha parlat la Granota. És ben bé el que ha dit.

L'ESCABELLAT (*al Ben Cofat*): I tu? Què diu la Granota?

EL BEN COFAT: Espera... Tremolo: és, certament, un tremolor sagrat... Sí, la Granota diu: "Beveu tots dos de la copa"... I aquest tremolor és la prova que és ella, ella mateixa...

L'ESCABELLAT (*prenent el vas de mans de l'Assistent que el porta, i adreçant-se al Ben Cofat*): Beu tu, primer.

(*El Ben Cofat beu maquinalment. Para de tremolar. Alça el cap. Obre els braços. Entonació i gestos d'un inspirat.*)

EL BEN COFAT: La Granota calla... Ha desaparegut... No éreu ací, vosaltres?... Qui só? No veig sinó llum. Què m'està passant? Ja no em veig a mi mateix... I el que veig, és claredat o boira? La llum s'empara de mi... No puc resistir-me a una dolçor com aquesta... Què em succeeix? Em dissolc... Ja só claror... (*Però una sacsejada el fa trontollar: els dos Assistents es precipiten envers ell, i mor en llurs braços.*)

L'Escabellat: Tot s'esdevé per la voluntat de la deessa. Ara em toca a mi de beure *(Ho fa.)* La Granota ha desaparegut. Però veus ací l'estany, encara, veus ací les flors. Cal que vagi a posar-me al mig d'elles. *(Tot adreçant-se als fidels.)* Mireu-me bé i temeu-me. Puc protegir-vos, ben segur, tot seguit que em plagui... Tot no dependrà pas de vosaltres ni del vostre culte, o benamants, o vil canalla.

Els dos Assistents: No ens veus esgarriats?... No ens abandonis. Sigues el nostre sacerdot.

L'Escabellat: Sóc el vostre déu.

FI DE L'ACTE SEGON

ACTE TERCER

L'Escabellat.

(A muntanya, l'Escabellat es troba al cim d'una roca d'accés difícil. Els que vindran a veure'l, li parlaran al peu de la roca.)

L'Escabellat: D'ençà que sóc déu, he pres l'hàbit curiós de parlar amb mi mateix.

I em plau d'ésser voltat d'espais indefinits: el cel, la mar, el desert, i de veure el pla des d'algun cim. I no és tan sols perquè el meu pensament, com una sageta, recorre el gran àmbit més fàcilment, sinó també perquè el nu i l'incert em reclamen i em justifiquen. Totes les formes futures són en mi, llur seguici, llur decadència, llur tornada.

Sé bé prou que les possibilitats a la meva disposició no tenen fi ni compte, i en res no necessito plànyer el temps; i l'extensió mateixa del meu poder em recomana la mesura i una certa calma.

El que més m'hauria plagut, tanmateix, és de treballar en el caos, a cops de puny. Continuar el món no em sembla pas tan interessant com crear del no-res. Les coses que neixen per primera vegada guarden, tota fresca, la petja de la mà creadora; lluny d'ésser mudes i fatigades, tenen vida, i, encara confiades, adoren.

Però s'acosta gent... uns quants fidels pugen per la drecera.

ESCENA SEGONA

L'Escabellat, la Cap Verd i, *successivament,* la Mare i el Devot.

(Tots els suplicants arribaran mirant enlaire. L'Escabellat, *tot i responent-los, sembla mirar en si mateix o bé contemplar, al lluny, un espai incert.)*

La Cap Verd: Senyor tan acimat i poderós, vinc a recórrer al teu poder... Si, més aviat que la Llei, prefereixes la Vida, potser et dignaràs escoltar-me. He tingut un amant que era gran caçador... i un altre que mercadejava en pedres precioses. Això fa que pugui oferir-te un tresor de plomes i d'òpals. ¿Potser t'estimaries més que et fos sacrificada una tribu sencera? Un altre amic, conqueridor famós, sabria... M'escoltes?

L'Escabellat: Sí, sí, t'escolto... Em plau, és cert, de mirar un núvol que voga molt lluny d'ací; però tinc el privilegi d'ésser per tot arreu.

La Cap Verd: Estic tan i tan cansada del meu marit, que és com si m'estigués morint de fúria ennuegada. Ah, si me'n volguessis deslliurar! He pensat de matar-lo jo mateixa, però el càstig, segons la llei, és feréstec. I, altrament, necessito vetllar per la meva reputació... Però, el que desitjo tan vivament, és una cosa de no res per a un déu, que ho fa sense ni pensar-hi... Bastaria de dar-li una empenta vora un espadat... o bé enrampar-lo quan neda, o qualsevol altre mitjà fàcil i... segur. Que n'estaria de contenta de no tornar a sentir, a cada solixent, la seva veu enrogallada!

L'Escabellat: M'has parlat de diversos amants, però no pas d'aqueix esclau, amb el nas fet malbé, que és el teu predilecte. I, coneixent com detestes l'escurament de gorja del teu marit, he volgut afligir l'esclau amb una tos que el cargolés... I ¿com va ara el teu bergant, aquest no ningú que t'ha fet perdre el seny?

La Cap Verd: Tus com si esclatés de cap a peus... per

més que jo l'assisteixi, li prepari infusions ben calentes i em valgui de paraules màgiques... La seva aflicció me'l fa més estimat... La seva tos m'anuncia, de lluny, que ell ja s'acosta; i el meu cor batega amb més afany... Quan fereix el meu son, em sembla una crida per al desig, el lligam més íntim del nostre amor... Els seus ulls que llagrimegen, em traspassen el cor... i amb quina fressa magnífica no es moca! Mentre que el rogall del meu marit sembla que demani llicència... insisteix a penes... És vulgar, és domèstic i domesticat; marceix el misteri de la nit i profana la noblesa del matí.

L'ESCABELLAT: En aquest escurament de gorja que t'irrita, has passat per alt de dir el que hi trobes de més ofensiu... El teu marit passa tant de goig de tenir-te, que aquests sons del seu rogall matinal, són la seva cançó de felicitat... El que t'exaspera és que hi sents la certitud de la possessió, la fermança de la regularitat... Bé, tindré bon compte del vostre cas: tu, seràs feliç; el teu marit, serà lliure, per bé que dissortat... I no serà pas ell el que parteixi per a un llarg viatge, com tu em demanaves: sereu tu i el teu esclau, i en fareu un d'altra mena, que durarà tota la vida. I el teu esclau, d'avui endavant, serà el teu sol posseïdor... Sota un altre cel, viureu plegats fins a la mort.

LA CAP VERD: Deies que seré feliç? Pensa que l'amor és fet de sospites, de fantasies mudables, de desigs impossibles... I un cop sadollats, tot es canvia en odi.

L'ESCABELLAT: ¿No et recordes dels primers dies del teu casament? Vares presentar una ofrena de molt de preu perquè una bena fos posada davant dels ulls del teu marit. Torna al mateix temple, amb els òpals i les plomes, i demana, aquesta vegada, una bena per a tu mateixa... Vés-te'n... Un altre fidel arriba.

(La Cap Verd s'allunya, consirosa.)

LA MÀRE: Senyor tan acimat i poderós, escolta la meva pregària... La meva casa és com desfeta... no penso més que en un esglai... No tenia sinó un fill, era petit i quan li esqueia de deixar-me un moment, jo cridava a les veïnes: on és? Qui ha vist el meu fill? I ara és 59 a tu que et crido: vosaltres, els déus, sabeu alguna cosa de la mort? On és el meu fill?

L'Escabellat: Morir, no és pas desaparèixer del tot... No puc dir-te més que això. Vist d'enlaire, la mort no existeix.

La Mare: Quines paraules tan embolcallades! Jo em creia que un déu, si ens parlés, obriria una gran finestra. Escolta: el meu fill, un dia, va seguir una llum de sol que jugava entre els arbres. I ella el va menar a una flor de neu que es movia damunt l'estany; l'estany, tu el coneixes bé, tu hi vius, i el que s'hi negui t'haurà de pertànyer per sempre més.

L'Escabellat: Era en un jardí; volia atènyer una flor. Ara, per sempre més en un jardí, juga amb les flors.

La Mare: Com podrà deixar-me tota sola! Fins ara, jo el conduïa. Ara és ell qui em mena a un indret inconegut, on s'arriba tot esblaimat i amb els ulls closos... El seguiré.

L'Escabellat: Com pensaries de fer-ho?

La Mare: Aniré a l'estany a collir la flor de neu, i em negaré per a portar-la-hi.

L'Escabellat: Mai no en trobaries el camí. I si el trobessis, mai el teu fill no et sabria reconèixer. Per a ell no hi ha sinó un jardí, per sempre més.

La Mare: Em parteixes el cor. Però ho dius amb tanta de dolcesa, que cercaré de creure't. Tu, que ets un déu, parles com si també et dolgués que calgui morir. ¿Qui doncs haurà imposat la mort?

L'Escabellat: Si es sentís el seu nom, cauria la muntanya, i qui sap si els rengles mateixos dels estels.

La Mare: Ja que has tingut pietat de mi, ¿què caldrà que faci? La meva solitud sent una punyida a cada vivent que passa.

L'Escabellat: Jo faré que, quan siguis prop dels vivents, no escoltis el que sents ni vegis el que mires. Perquè no seràs pas tota sola. Un doble de l'ànima del teu fill, eternament infant, vindrà a collir flors en un boscatge que posaré en la teva ànima. Serà teu altra vegada, i amagat encara en la teva carn.

La Mare: Pobre com só, ¿quina ofrena meva et seria plaent?

L'Escabellat: Dona'm la flor que és a la vora de l'estany, i no tornis mai més en aquella ribera.

(La Mare fa senyal de consentir-hi i s'allunya, les mans damunt del pit.)

Un Devot *(arriba desalenat)*: Oh, tan acimat i poderós Senyor!... Amb prou feines sé respirar... I no és pas solament per aquesta pujada... El meu gran deler... Però no penso pas que em vulguis fer retret de la meva emoció.

L'Escabellat: No cridis ni t'agitis; apaivaga una mica el teu alè sorollós, i digues-me, amb una certa calma, la causa de la teva exaltació.

Un Devot: Altíssim Senyor! La glòria del teu nom...

L'Escabellat: No véns a demanar-me res?

Un Devot: Béns de la terra? No en sento pas la temptació. La sola glòria de ton nom inflama el meu delit. D'ençà que vas mostrar-te, que no em reconec. De dia, ni em recordo de menjar. De nit, no arribo a aclucar l'ull. Vull que tothom t'adori i que els teus enemics es rebolquin en la pols.

L'Escabellat: Quins enemics meus? Els de la terra? Els del cel?

Un Devot: Els de la terra, on me trobo. ¿Com podria cap home lluitar contra els déus?

L'Escabellat: Si l'home no pot lluitar contra la divinitat, ¿què se me'n dóna dels meus enemics mortals, els que tu voldries desfer?

Un Devot: Perquè només així la glòria del teu nom...

L'Escabellat: Primerament, el meu nom no és pas el que tu penses. Cap mortal no sap el veritable nom d'un déu. I, d'altra part, digues, tu que no penses sinó en guerra i poder, ¿quin serà l'encens que pugi fins a mi? El teu alè d'enfebrat o la ferum de les teves víctimes? Si seguís parant-te esment, acabaria tancant-me en la contemplació de la meva essència, cara a cara amb mi mateix. Bé temo que, gràcies a les teves exuberàncies, se't tingui per un dels meus devots més distingits.

Un Devot: Tot i que sigui jo mateix qui ho diu, no hi ha

pas, entre els teus seguidors, un deler que venci el meu.

L'Escabellat: I, tanmateix, em fas sentir una mena de tedi. Recorda't que el que us fa present el déu, no és pas l'opinió que l'home se'n faci, sinó la vostra necessitat i la vostra solitud. Vés-te'n, ara; i no tornis que no hagis après com la gota d'aigua que tremola al caire de la fulla, canta la meva glòria.

(El devot comença la seva davallada: de sobte, però, la seva tenacitat el mena a una resolució heroica.)

Un Devot: Si més no, tira'm una pedra. La guardaré com una relíquia.

L'Escabellat: Parla als déus de les teves penes, de l'angoixa de la teva nit, i que ells purifiquin el teu silenci. I no hi discuteixis mai de religió: és una falta de tacte.

(El devot, aquesta vegada, se'n va.)

Veus ací el núvol; pel moment, no desitjo altra cosa que entrar en les seves galeries blaves... Ah, ja hi só, fora del temps! Això em permetrà de distreure'm divinament. Els reis, entre dues cerimònies, criden els joglars per a desestirar-se una estona. Sembla que no creguin tant com els súbdits en llur majestat. Jo, a la manera dels reis, cridaré dos esperits inconciliables que es creuen, tots dos, omnipotents. Per al déu, llur enemistat recíproca és un espectacle ben divertit. Tu, Destí, deixa un poc l'eterna lectura de la teva llista implacable. Tu, Atzar, suspèn la teva gambada insolent, i reposa't un bell instant. Veniu tots dos.

ESCENA TERCERA

L'Escabellat, el Destí, l'Atzar.

(Vestits, l'un d'una túnica brodada d'estels, l'altre d'una túnica brodada de papallones, El Destí i l'Atzar compareixen cadascú pel seu cap d'escena.)

El Destí: Ací em tens, oh déu, oh resultat del meu càlcul.

L'Atzar: Present, oh déu, invenció de la meva entrema-
liadura.

El Destí: Qui veig? L'Atzar? La teva presència m'im-
portuna, m'allarga les dents, m'esmola les ungles.

L'Atzar: Qui veig? El Destí? Començo a badallar...

El Destí: Què dius, ataranat, impertinent? Só, per da-
munt dels déus, una llei absoluta.

L'Atzar: I jo el més diví que pugui existir, que no és pas
la llei, sinó la fantasia. La llei serveix, a tot estirar, i
no pas sense catàstrofes, per al manteniment del cel i
del món. Però només la fantasia ha sabut crear.

El Destí: Grandíssim boig! No hi ha res d'inesperat, si
no és per a la ceguesa dels homes. L'estelada és in-
fal·lible.

L'Atzar: Quan jo era infant, formava els estels tot bu-
fant en la polseguera de l'espai; i no era sinó un joc.

El Destí: En l'univers, ordre evident de retorns i de sem-
blances, no ets altra cosa que un intrús. Deus la teva
existència a la imaginació impressionable i cobejosa
de lladres, jugadors i donotes!

L'Atzar: Com t'exaltes, tot i la teva condició d'immuta-
ble! En tot cas, puc assegurar-te que no hi ha ningú,
en cel o terra, que no temi les meves ires i que deses-
timi les meves generositats.

El Destí: Quin llenguatge superficial! Deus haver-lo
après de la genteta que va inventar-te i que es paga
tant dels teus vidrets bellugadissos! Les teves ires,
que es proposen de ferir, es converteixen en deu de
virtuts; mentre que els teus presents immerescuts,
lliurats de cop i volta, disloquen l'esperit, amolleixen
la voluntat i condueixen a la perdició; a ésser menys
o a no ésser mai més... No ets sinó una rondalla
il·lusòria.

L'Atzar: Les rondalles il·lusòries són les més entretingu-
des. A tu, ningú no et compararà a una rondalla,
sinó a les faules, i, encara, allí representes el que és
més opac i més enutjós: el rodolí moral de l'acaba-
ment.

L'Escabellat: Prou baralles! Serien inútils. Us he cridat
per a consultar-vos. ¿Só déu, o bé em doneu aquest
títol per cortesia?

L'Atzar: Sí, ho ets... per ara i tant.   63

EL DESTÍ: No n'ets, dic jo, ni poc ni gaire.

L'ESCABELLAT: Una altra pregunta. La meva solitud superior em sembla una mica severa. ¿No hi haurà qui m'estimi?

L'ATZAR: Sí: veu's ací que se t'acosta la que t'estimarà: la Princesa.

EL DESTÍ: Només t'estima i t'estimarà sempre una dona sense nom.

L'ESCABELLAT: I ara, la darrera pregunta. Aquesta posició tan elevada, tan enlluernadora, la meva, com acabarà?

L'ATZAR: Acabaràs per ésser no res; i no dic el pitjor.

EL DESTÍ: Engendraràs un poble.

L'ESCABELLAT: No hi ha manera de saber el que encara no és. Si no fos que, d'aquesta il·lusió feixuga que els mortals anomenen temps, en tinc per dar i per vendre, no em perdonaria d'haver sentit aquest joc de disbarats. — Per a acabar, Destí, digues-me com vius en la teva caverna.

EL DESTÍ: Jo? Encadenat.

L'ESCABELLAT: I tu, Atzar, com passes la vida?

L'ATZAR: Jo? Penjant d'un fil.

L'ESCABELLAT: I em voleu fer creure que governeu el visible i l'invisible! Prou n'hi ha de vosaltres, impostors! Tu *(a l'Atzar)*, ets una invenció de la follia esvalotada, i tu *(al Destí)*, de la follia taciturna. Torneu als indrets d'on heu vingut. *(Ells obeeixen tot rondinant.)* El que mereixeríeu és que l'home aconseguís de baratar les vostres dues sorts: que l'Atzar fos encadenat i que el Destí depengués d'un fil. El primer dia que em vagui de pensar-hi, enviaré a algun mortal una guspira que li doni la idea d'escometre-ho... *(El Destí i l'Atzar desapareixen.)*

El núvol s'està esvaint... El meu esperit torna a la terra.

(Baixa de la seva roca.)

ESCENA QUARTA

L'Escabellat, la Princesa.

(La Princesa, *que ha entrat durant la darrera frase de* l'Escabellat.)

La Princesa: És el déu, no hi ha dubte: parla amb si mateix, com els boigs acostumen de fer... però amb calma i poder.
Ets tu qui jo cerco?

L'Escabellat: Sí, princesa, só jo; i tu ets la que jo esperava.

La Princesa: Sabies que havia de venir?

L'Escabellat: Parlo de vegades amb el Destí i l'Atzar. Conta'm la teva pena.

La Princesa: I tu no la coneixes?

L'Escabellat: Necessito que tu la contis; la pena no ve pas tant de la seva causa com del cor de qui pateix.

La Princesa: Un terrible eixut, efecte potser de la teva ira, arbora el país. S'han esgotat les fonts; i al capdavall dels pous no hi ha sinó terra esquerdada. Els núvols arriben amb una brillantor de mala mena, i corren a deixar-nos, perquè estem maleïts. Si no véns a ajudar-nos, serà la nostra fi.

L'Escabellat: ¿Per què no parles d'un perill més pròxim, i que et fa més basarda?

La Princesa: Bé doncs: no he d'amagar-te res. Comença a escampar-se la veu que els déus estan irats per una feta del rei, mon pare... En la seva desesperança, el poble s'agita amb pensaments de revolta.

L'Escabellat: ¿No bastarà de recórrer a la suplicació de la pluja?

La Princesa: Aqueixa solemnitat està anunciada per a avui mateix.

L'Escabellat: I no et basta per al teu repòs?

La Princesa: No. Estic massa anguniada. En el ritual màgic pot succeir que errin una paraula, que oblidin un signe, i aleshores tot és perdut. I, altrament, la màgia, per a mi, és insensible, gelada. Executem els termes d'una recepta, però no implorem. Ningú, res no ens escolta. Mentre que la imatge més grollera d'un déu té, com nosaltres, ulls i orelles.

L'Escabellat: Molt fan els déus, com els marits, amb el sol fet d'escoltar.

La Princesa: És veritat; quan ens migra una cosa, el primer remei és de contar-la. I t'agraeixo que m'hagis permès de fer-ho. Però encara et demano molt més: salva el rei i el seu poble.

L'Escabellat: I que temibles no són, en el va-i-ve dels èxits i de les fallides, les pregàries impetuoses de la dona! Temptat estic de fer, en obsequi a tu, el meu primer miracle.

La Princesa: Promet, oh déu, promet de fer-ho, per l'estany inicial de la Granota.

L'Escabellat: Bé, et prometo d'assistir a la suplicació màgica i, si no reeixís, d'intervenir amb el meu poder.

La Princesa: Oh!, aquesta emoció em fa defallir. Puc asseure'm al teu costat?

L'Escabellat: Ací mateix, si vols. ¿No desitges cap altra cosa? *(S'asseuen tots dos.)*

La Princesa: Voldria fer-te una pregunta, però no goso...

L'Escabellat: Parla: te la permeto.

La Princesa *(tocant-li suaument el cap)*: Per què vas tan escabellat? Amb tant de floc en desgavell, com si vinguessis de la lluita, o d'embriagar-te... o de l'amor... tu que, d'altra part, sembles tan llunyà d'aquestes coses.

L'Escabellat: Aquests flocs, aquest desgavell, com tu dius, són l'emblema de l'abundància i la contrarietat en tot el que existeix.

La Princesa: Sens dubte, però no em sembla pas que faci goig. *(Sospira.)* Jo hauria cregut que la raó era molt més senzilla.

L'Escabellat: Quina?

La Princesa: Negligència... de solter.

L'Escabellat *(secament)*: Res d'això.

La Princesa *(suaument)*: No t'ofenguis! *(En to resignat.)* Parlem de ben altra cosa. De coses ben diferents. *(Pausa. I aleshores, com sobtadament inspirada.)* I tu, ¿què en penses del meu pentinat? *(A mitja veu.)*

És un de nou; l'he inventat jo mateixa per a aquesta visita.

L'ESCABELLAT *(amb menyspreu)*: Pentinats, pentinats! *(Canvi de to.)* Són els teus ulls el que m'atreu. Llur dolcesa m'inquieta: té més tirat d'astúcia que no d'esllanguiment.

LA PRINCESA: Escolta: jo no conec l'amor. Però avui m'he contemplat a la vora de l'aigua. I he pensat que el meu cos estava a punt... De sobte, aquell íntim picarol que ens avisa del que encara no veiem, m'ha dit que algú em resseguia amb la mirada. M'he girat: el cel era llis de tota presència, damunt la terra ni un rastre ni un amagatall per a un espiador, i el mateix aire semblava distret, indiferent. I m'he sentit deliciosament commoguda: ¿seria un déu, m'he dit, el que em mirava? Tindré un fill de carícies d'un immortal?

L'ESCABELLAT: ¿I quina et penses que fóra la sort d'aquest infant?

LA PRINCESA: Ben segur, ell no arribaria pas a ésser un déu. Però naixeria més bell, més ardit que tot altre fill de dona. Conqueriria fàcilment tota la terra entre mar i mar, i pertot, en el seu reialme, l'adorarien... Veig que em mires de sorprès... Com que encara ets un déu novell, no saps com és avantatjosa per a les dues parts l'aliança de la divinitat i de la conquesta: els déus afavoreixen les armes i les armes imposen els déus.

L'ESCABELLAT: De totes passades, convé que et digui que, per al déu, la dona mortal no és sinó la fantasia d'un moment. Tu què faries, abandonada?

LA PRINCESA: No pas, certament, gemegar ni sospirar. Els meus plans ambiciosos per al meu fill m'omplirien el cap de nit i de dia.

L'ESCABELLAT: Això si el teu poble fos salvat...

LA PRINCESA: Si el meu poble fos salvat... i si tu...

L'ESCABELLAT *(interrompent-la)*: Vegem, per començar, el primer punt. T'he promès d'assistir a la suplicació de la pluja... Pel que fa al segon, no m'interroguis més amb els ulls. Un déu, per a guardar el seu prestigi, ha de mantenir-se impenetrable.

LA PRINCESA: Em consumo d'impaciència! *(Li cauen les*

llàgrimes; se les eixuga amb la mà.) Sempre n'havia tingut sospita que vosaltres els déus no us dàveu compte de la vostra crueltat! Hauria preferit que aquestes llàgrimes m'haguessin estat arrancades a cops de fuet!

L'ESCABELLAT: Calma't. Puc veure com neix una pena, com pren forma una decisió... Però, una fantasia... com preveure-la? Depèn de l'aire que passa, més que de la seducció mateixa de les coses. El que vèiem cada dia, de cop es torna desitjable... Que un raig de sol, que un raig d'il·lusió toqui una fulla, un moviment de parpelles... un pentinat... i... *(La Princesa, fins aleshores inquieta i desitjosa de parlar, es calma tot seguit i clou els ulls de felicitat.)*

El teu seguici ve a cercar-te. No t'inquietis si desapareixo de cop. L'aigua em reclama.

FI DE L'ACTE TERCER

ACTE QUART

ESCENA PRIMERA

Els tres Bruixots *i llurs* espectadors

(Una clariana del bosc. Tres bruixots que encara no porten llurs màscares, fan llurs ajustos per a la suplicació de la pluja. Guarneixen els arbres —arbres de per riure— amb fulles seques i flors de paper. Pinten les branques de verd. Al mig de l'escena, les gerres amb beguda fermentada. Els espectadors, només a un costat de l'escena.)

Bruixot I: Heu acabat?

Bruixot II: Estem acabant.

Bruixot III: Aquesta vegada, cal que no decebem la princesa; cal que plogui de bo de bo. Tant més, que la gent comença a rondinar que no som sinó engalipaires, en .conxorxa amb el rei; i fins i tot que hem maleït cada font i cada pou. Fem amb molt de compte el nostre paper, i creguem amb molta força que som el que semblarem. Si la pluja es pensa que ja plou, es decidirà de caure. En cada feina passa com amb les dones: tot és començar. *(La preparació és acabada.)*

Bruixot I: Ens posem les màscares?

Bruixot II: Sí, comencem. *(Es posen les màscares: el primer bruixot en porta una de granota.)*

Tots tres (amb molta mímica durant tota l'operació màgica): La pluja! La pluja! La pluja!

Bruixot I: Veus ací la pluja! La pluja, que és cosa meva! El vent s'ha ajaçat com un gos estemordit. La secada havia volgut bastir-se un reialme. Ara la treuen fins dels últims racons de la polseguera. Ja no es veu el cel ni la muntanya. Els penjarells de la pluja cobreixen tot l'espai. Les deus revenen; els torrents salten per les vessants; per ací i per allà ressonen les cascades, tirant-se daltabaix. Canteu i danseu al so de l'aigua, i que la frescor tot just vinguda persegueixi la mort!

> Rac, rac: la Granota s'esbrava.
> Tardana, cau l'aigua amb afany.
> El camp, que ressec s'esquerdava,
> serà a trenc de dia un estany.
>
> Pertot els borrons, l'herba fresca,
> en rius cada núvol es fon.
> Tot brilla, tot dansa, tot tresca;
> i ple de miralls és el món.

Bruixot II: Som les fulles. Ens bat, amb més força que un roc, per a fer-nos tendres i lluents, la pluja tardana. Quin goig!

Bruixot III: Som els penyals. La pluja ens rellisca pel damunt, i ens ennegreix, i ens volta encara. I mirem amb por l'aigua que munta, i és que no sabem pas de nedar.

Bruixot II: Som els ocells. Aquesta pluja, ¿quan s'acabarà? Volem anar a emmirallar-nos en l'aiguarol pintat de blau.

Bruixot III: Som els núvols, ens escurcem, i plorem d'escurçar-nos, i desapareixem.

Bruixot II: Sóc un estel. M'he fet finestreta en un núvol. Però un altre en ve, com una cortina que també regala. M'estic consumint de tafaneria.

Bruixot III: Som les muntanyes. Entrant per les esquerdes, les aigües ens sadollen cada balma, i sofrim com la mare amb el pit curull.

Tots tres *(siŀlabejant)*: Rac, rac: la Granota s'esbrava i ple de miralls és el món.

(L'ordre de la cerimònia es desfà. Anguniosos, els bruixots miren el cel, cada u pel seu cantó. Finalment, signes de descoratjament i de desesperança.)

Bruixot I: I no plou! Totes les paraules màgiques han estat dites. Es veu que la pluja no vol obeir més a les paraules! ¿Serà perquè hagi escollit un altre nom? Ah, amb prou feines arribo a plànyer-me: un grapat de pols m'ha entrat a la gola, mofa i maledicció de la secada!

ESCENA SEGONA

Els tres Bruixots, l'Escabellat *i els* espectadors.

L'Escabellat *(eixint del bosc)*: Heu acabat la suplicació?

Bruixot I: Sí, és acabada. I la veritat és que... *(Comença a tossir; tus tothom, llevat de l'Escabellat.)*

L'Escabellat: Tossiu? És tal vegada la darrera pols, la que crida la pluja, tot xiulant. *(Designant-se a si mateix.)* Perquè ara us parla el déu, i serà generós. Beveu de la beguda que us fa somniar. *(Ells beuen.)* Beveu fins que ja no sapigueu què és núvol i què és muntanya, fins que no tingueu cap esment d'haver fet de bruixots o d'haver-me escoltat. Fins que oblideu el vostre paper i les vostres fadigues i fins la paga que us en prometíeu. Que plogui la fe en les vostres goles i, juntament amb ella, una força inconeguda darrera la desfeta.

(Nova beguda: els uns asseguts, els altres ajaçats.)

Bruixot II *(alçant-se penosament, per deixar-se caure tot seguit)*: Rac, rac...

Bruixot III *(sense moure's, i com en un son)*: Plourà! Plourà!

Una veu ronca *(en un racó)*: I, després de tot, tant se val. Tant se val de tot.

(Els asseguts van també ajaient-se.)

L'Escabellat *(de primer amb passió continguda, des-*

prés, amb força creixent): Abandoneu, en el vostre somni, tot el que havíeu estat, i naixeu a la vida que mai no havíeu conegut. Vull de vosaltres una fe no envilida per cap afany roí. Só la profusió de l'aigua, la seva creixença i el seu escampament. Puc sobrepassar-ho tot, i fer i desfer. Vogueu en aquesta aigua expandida, i abandoneu-vos a la deriva del meu corrent interminable. Arraconeu les canoes dels vostres dies mesquins. En el golf del vostre somni trobareu canoes d'altra mena, que ni es capgiren ni es corquen. Ara que esteu atuïts i sense forma, vull pastar-vos de nou perquè demà, sense memòria de les imatges que ara veieu passar, serveu el desig de retrobar-ne els dons. Que cadascú s'anorreï en mi, i ja no passareu més solitud. Un pare porta el seu fill agafat de la mà, però està sol, i el fill que l'acompanya no és amb ell. Un home estreny una dona, i estan sols: ella i ell ni s'han conegut mai. Un amic parla i beu a casa del seu amic, i voldria acostar-se-li per a no passar tant de fred, però estan sols, cada u del seu costat, i mai no es trobaran. I és perquè ningú no surt de la seva cabana per a viure en l'estatge del déu. O bé si hi va és per a recomanar-li, de fora estant, que li guardi la cabana de caure en la fossa del terratrèmol, que li guardi els béns colgats a terra que els lladres li trobaran. I només qui treballa coratjosament perquè d'altres siguin feliços, surt ben bé de la seva cabana, i entra en un estatge més pur. Però el que pensa d'atacar i de defensar-se amb el mal, resta cargolat damunt d'ell mateix; qui mata perd més segurament la vida que no pas la seva víctima; qui roba es fa més pobre i famolenc que no pas el robat; qui es venja, no fa sinó emmetzinar-se la seva ferida per sempre més.

DIVERSES VEUS *(en el son)*: Creiem... direm... farem...

L'ESCABELLAT: Aquell mateix que es deia el meu sacerdot no estava pas amarat de l'esperit de l'aigua. Havia oblidat que l'aigua s'estén pertot, ho abraça tot. L'aigua gronxà la unitat primera del desig de viure, i serà ella qui gronxi la unitat final de l'esperit. I ara, damunt la vostra nova fe, que plogui sense mesura, en l'alegria de tot el que ha de néixer. Jo ho mano.

(El cel s'ennegreix, trona, cauen grosses gotes de pluja.) No us acontentareu més de l'aigua tèrbola dels aiguamolls. Ja els purificarà l'embranzida dels torrents. Dels torrents que saltaran i braolaran, braolaran, poderosos, com el jaguar famolenc.

FI DE L'ACTE QUART

ACTE CINQUÈ

ESCENA PRIMERA

L'Escabellat, la sense nom

(Vora d'un riu, una nit de lluna, L'Escabellat *jeu, d'esquena a* la Sense Nom, *que està dempeus a alguna distància d'ell.* La Sense Nom, *amb lleugers moviments de cap, cerca de veure'l, sense atansar-se-li.)*

La Sense Nom: No sé pas perquè he vingut... He trobat el rastre dels teus peus, i he conegut que havies passat amb angúnia, mig coixejant... T'estimes més que me'n vagi? O que m'amagui per a veure't? Ningú no em trobaria. Ni tu no ho sabries mai.

L'Escabellat *(girant el cap envers ella)*: La meva aspresa no és pas amb tu, sinó amb mi tot sol. Só jo qui hauria d'amagar-me fins de mi mateix.

La Sense Nom: Mires sense pensar en el que mires, com qui no sabés sortir del seu mal.

L'Escabellat: Ja m'havies trobat una vegada abatut per terra.

La Sense Nom: Si: quan et vaig conèixer estaves lligat. Però parlant-te, em va semblar que encara eres lliure, i no pas com l'ocell de l'ala eixalada. Com si els lligams no tinguessin virtut, volares encara per un cel que jo no coneixia. Per què no ho fas ara i tot?

L'Escabellat: Ja no podria. M'havia cregut poderós, i ara em dol d'ésser nat. Viure: per què?

La Sense Nom: No et sabria respondre. Ni jo ni ningú. ¿I

tu mateix, voldries que ho fessin? Quan una tristesa ens ve, en lloc d'arrancar-la com una espina, el que fem és anar enfondint-la més.

L'Escabellat: Hauria hagut de morir en l'aiguat i, cap-girar-me, negar-me, perdre'm en el furor de la riuada.

La Sense Nom: Com els arbres, tenim unes branques que van d'esma, sense saber dir el que cerquen, i rels amagades en terra que ens retenen durament. Però si les escoltes bé, branques i rels diuen: paciència.

L'Escabellat: Hauria volgut salvar aquests homes, per amor d'ells.

La Sense Nom: Una nit, vaig veure caure un estel; no era sinó una ànima que el seu desig, i no pas la seva força, havia enlairat. La paciència, a poc a poc, fa les coses que duren. I el desig que no en té compte, fa i desfà, i acaba esvaint-se... S'acosta un home que volia veure't.

L'Escabellat: Oh, no! Qui és?

La Sense Nom: Li diuen El Boig.

L'Escabellat: Sol companyó que se m'adigui: el boig que es creia d'haver estat déu!

La sense nom: Us deixaré. És nit de lluna plena. Bona per a cercar les herbes d'oblit. Si tu no en vols, po-dran servir-me a mi.

(S'allunya al moment que El Boig arriba.)

ESCENA SEGONA

L'Escabellat *i* El Boig.

(L'Escabellat s'aixeca, i mira al seu voltant, apren-siu.)

L'Escabellat: Véns tot sol?

El Boig: Sí. Tems alguna cosa?

L'Escabellat: Tot i tothom. I a mi mateix, quan estic sol. Ets contra mi?

El Boig: No. Em passejava, com de costum, per la terra, que és la meitat del meu reialme perdut. Jo no tinc ni el treball d'haver de dormir. Quan es fa fosc, em poso a caminar. Em guia l'estelada. I viatjo en pau. Nosaltres, els boigs, sabem fer un crit que no és pas humà. Així que, si convé, hi estemordeixo la mala gent i les feres.)

L'ESCABELLAT: Em recordo que tu m'havies predit la meva desfeta. Ah! ¿per què no vaig morir aleshores? Què em devia passar? ¿Com he pogut creure que faria la llei a tot el que és nat i a tot el que ha de néixer? ¿Que coneixia les tímides paraules de les coses i que, d'un moviment de celles, faria divina la terra? I, sobretot, ¿per què la meva llengua, en aquest moment es deslliga? I davant d'un boig.

EL BOIG: Jo, de boig, val a dir que en só per elecció. I sé prou bé que, a la gent assenyada, no tinc més remei que dir-los disbarats. Però no só tan boig, em penso, com el que té l'aire de més tocat que jo mateix.

L'ESCABELLAT: Bé mereixo la teva resposta, i més encara. Escolta, fes-me un servei. Avisa'm si sents un murmuri o bé un cruiximent de branca. Fora de tu, no vull veure cap fesomia vivent.

EL BOIG: No tinguis por. Tinc orelles de boig, i no podries trobar-ne enlloc de més malfiades. Però, digues, ¿quina fi va tenir la teva aventura divina?

L'ESCABELLAT: El càstig de la meva presumpció va ésser terrible. Era com si el cel i les mateixes muntanyes s'haguessin esfondrat d'una vegada per a convertir-se en torrent. Empès jo mateix per l'aigua exasperada, vaig poder hissar-me damunt d'una roca que tenia, prop seu, un remolí. Vaig veure passar els de la vall, els meus amics, entre les escumes; de vegades, l'aigua mateixa girava cap a mi les cares ertes. I, pitjor que tot, vaig veure la princesa quan ja, sense força, deixava anar un tronc. Ferida, encara va poder veure'm i adreçar-me un crit gairebé feliç: "En tu em nego, oh déu!" I s'enfonsà en la gorja negra, giravoltant. Aleshores vaig reconèixer que no era un déu, perquè em van venir llàgrimes de pietat, llàgrimes humanes. I vaig voler morir.

EL BOIG: Follia! Follia inútil! Però, per sort, de curta durada. Perquè ets ací a contar-la, sota d'aquest cel serè...

L'Escabellat: Vaig voler abissar-me en els cercles de l'aigua. Però un ocell, tot espaordit, va venir a arrecerar-se'm a la mà. Em semblà que fos l'última cosa vivent de la terra. Sentia com tremolava, i el vaig emparar com podia en el clos de les meves mans. I, de sobte, no sé pas com, ja no m'abellia de morir. Tot i que em dura, més fort que mai, el menyspreu de la vida.

El Boig: No hi ha més gran menyspreu que el de seguir vivint sense cap desig.

L'Escabellat: Potser és veritat.

El Boig: I, altrament, ningú no ha tornat de la mort per a dir-nos si morir és caure com la fulla podrida o bé caure com la llavor...

L'Escabellat: Hauria volgut ésser un veritable déu per a saber què vol dir desaparèixer.

El Boig: Posats a viure, val més no saber-ho. Pel que fa a tu mateix, a la teva sort, val més que te'n consolis. Respira dolçament la indiferència del món. ¿No has pogut reeixir? Què hi fa? No hi ha cosa més difícil que brillar quan s'és al poder. I sé el que em dic. Un dia, vaig desvetllar-me déu. Mai no imaginaries els tribulls que la meva omnipotència em va fer passar. Bé: vaig dir-ho en una cançó que fa aixi:

Era un déu, recordo,
un déu mig tocat.
El gran Tot estava
ben desmanegat.

Malgrat el meu ceptre,
ma veu en sentir,
vent, sol, estelada
es reien de mi.

Acollia els éssers,
mai no els dava un no,
però no els trobava
cap agafador.

El món va fer un dia:
—Quin déu mig difunt!—

> *I, per a no veure'l,*
> *vaig seure'm damunt.*

Fet i fet, aqueixa havia estat la meva història. Per acabar, et diré un secret, un secret per a tu sol. ¿Potser ja en tens alguna clarícia? Posseeixo un mantell, un de reial, un gran mantell de paper. Perquè, contràriament al que la gent pensa, segueixo essent un veritable déu. I és això el que em fa tornar boig. *(Se'n va, tot sacsejant el cap i els braços desesperadament.)*

ESCENA TERCERA

L'Escabellat *i, aviat,* la Sense Nom.

L'Escabellat: Com ha dit, El Boig?

> *I, per a no veure'l,*
> *vaig seure'm damunt...*

No, no i no... Veure, al contrari, seguir veient.
    (La Sense Nom arriba, amb un manat d'herbes.)
La Sense Nom: Se n'ha anat?
L'Escabellat: Se n'ha anat.
    Millor que hagi vingut. Coses que m'ha dit, m'han fet mal, però potser és així que calia... desvetllar-me.
La Sense Nom: Veus ací les herbes. Les que donen l'oblit. És vora el riu que creixen. Les vols?
L'Escabellat: No. Ara sé que és covardia d'anar a l'ombra, a cap mena d'ombra. Tira-les a l'aigua. Tira-les tu mateixa. A mi encara voldria cridar-me i entrar pels ulls fins a la meva ànima. L'aigua és plena de feredats.
La Sense Nom: Si no vols oblidar, ¿m'oblidaràs tanmateix a mi?
L'Escabellat: No, tu ja m'has salvat una vegada. I em salvaràs encara. Un dia, com lliurat d'un malson, et tornaré a veure, a endevinar-te com aquella nit.
La Sense Nom: No sé... no puc parlar... *(Va a llençar les herbes al riu.)*
78 L'Escabellat: Potser aprendré de viure, si se'n sap mai.

Les metzines de la copa sagrada m'havien fet perdre el seny. Però, si més no, jo ja no tinc el pobre mantell reial, el mantell de paper. No pas que hagi d'oblidar-me dels déus. Caldrà que els homes que els consagrin imatges i cants, els vegin tan nobles i tan bells, que els donin vergonya i remordiment. I tu, tu m'ensenyaràs la saviesa d'amor que ells han oblidat...

S'ha amagat la lluna. Quan arribi el dia, seguirem el nostre camí. Mentrestant, cerquem de dormir aquestes hores: estic atuït de fadiga.

(S'ajeu, i LA SENSE NOM *va a asseure's a alguna distància d'ell, com per a vetllar-lo.)*

LA SENSE NOM: Son! Bon son! Sense fantasmes! Sense perill!

L'ESCABELLAT *(repetint, en veu somorta)*: Sense perill...

LA SENSE NOM: Un son ben dolç...

ESCENA QUARTA

L'ESCABELLAT, LA SENSE NOM *i, aviat,* DUES OMBRES, *una de les quals porta la màscara de la Granota.*

LA SENSE NOM *(dolçament i lentament, com si pronunciés paraules d'encanteri)*: Dorm. Deixa't dur per les ales del son, com si ho haguessis abandonat tot a la ribera d'on t'allunyes, càrrega de tristos pensaments, feix de recances. Dorm sense sentir, sense saber, com l'infant que encara ha de néixer. Si d'altres, homes o déus, t'han volgut mal, que això sigui, per una nit, com si no hagués estat. I sobretot, que desaprenguis, per una nit, el pitjor mal, que és el d'haver après a ferir-te tu mateix. *(Pausa. Se li acosta i el mira.)* Que les ombres ens protegeixin i que no cap ens faci por. *(Pausa. Encara més prop d'ell, en veu baixa.)* Dorms? *(S'hi atura un moment, i després s'allunya i s'estén per a dormir.)*

(Una muda representació comença. L'Ombra que porta la màscara de la Granota, apareix sobtadament en un indret de l'escena. Els seus moviments són lents i vacil·lants. Se sent el ma-

*teix batement de fustes que precedí el cant ritual
en el segon acte. L'Ombra contempla l'Escabe-
llat, mou el cap i, tot girant-se-li d'esquena, re-
tira la màscara i la llença al riu: és el Ben Co-
fat. Amb moviments sempre maldestres, es posa
a un costat de l'escena i allarga el braç. Una se-
gona Ombra apareix, amb les mateixes actituds
incertes: és un dels Assistents del Ben Cofat, i
porta a la mà el ganivet d'obsidiana. Passa el
ganivet al Ben Cofat. Aquest empunya l'arma i,
anant a aclofar-se prop de l'Escabellat, va a en-
fonsar-li el ganivet al cor. L'Escabellat, sempre
en el son, llença un crit ofegat. La Sense Nom es
desperta i s'aixeca. El Ben Cofat mira la Sense
Nom, l'Escabellat i el seu ganivet, com sense
comprendre. La Sense Nom, que no veu pas
aqueixes aparicions, s'acosta a l'Escabellat, ran
mateix del Ben Cofat.)*

LA SENSE NOM: No es veu res. Negra nit. Que les ombres
ens protegeixin i cap d'elles no ens faci por.

    *(El Ben Cofat tira el ganivet al riu i, sempre
desmarxadament, movent els braços en senyal
d'impotència, s'allunya amb el seu Assistent.)*

    Estava enganyada. *(Mirant de nou l'Escabellat.)*
Dorm en bona quietud. Podré, jo també, reposar-
me... El cor em diu que ja no hi ha perill. *(Torna a
ajeure's.)*

ESCENA CINQUENA

L'ESCABELLAT, LA SENSE NOM, LA PRINCESA.

*(L'ESCABELLAT i LA SENSE NOM dormen. L'escena és
encara ben fosca. Després d'una pausa, a l'indret on se
suposa que el riu passa, apareix, dret, el braç nu de LA
PRINCESA. Hom sent el so de l'aigua lleument agitada. El
braç cerca algun aferrall, i no tarda a aturar-se al peu
d'un arbre, com afermat en una rel invisible. I ara apa-
reix LA PRINCESA, sense mostrar, gairebé, sinó el cap i els
braços, vagament il·luminada com per una fosforescència.
L'ESCABELLAT resta sempre adormit, davant mateix de LA
PRINCESA, però li parlarà com si la veiés: els seus movi-*

ments, molt sobris, no passaran mai dels que causa la inquietud en el son.)

La Princesa *(amb veu perceptible, però minvada)*: Em veus? Em sents? No t'acostessis pas encara. L'aigua se m'emporta, i és per a sempre més. Ja les meves memòries se m'apaguen. Hauria de seguir i seguir el corrent de l'aigua; i em fa mal a tot el cos d'aturar-me en aquesta rel. Però vull aturar-m'hi abans no m'arrossegui més lluny. L'aigua m'emmena fins que jo em torni aigua com ella mateixa.

L'Escabellat: Sí. La teva cara llueix dolçament. La teva veu canta. Et veig tan a la vora... i tan lluny... Perdona'm. La riuada et va arrabassar, però el crim va ésser meu. Em vaig creure diví. I com en sofreixo!

La Princesa: Un crim? Ja no sé què és. Ni sé què vol dir sofriment. Són paraules que dec haver perdut. Cap vivent no pot ésser déu. No podrà sinó desfer-se en la divinitat sense forma. ¿No veus com el que ja havia estat és a punt de desaparèixer? He vingut a cercar-te. Vine a desfer-te en els meus braços i amb mi mateixa. Et tornaràs moviment, canvi, durada. Travessaràs els cercles de l'aigua, l'ull encantat del pou, el ruixat del núvol, les deus boscanes i el fondal marí. Vine a desfer-te en els meus braços i algunes gotes del que fórem, algunes gotes errants i desesmades, es barrejaran potser en un bassiol o bé en un calze.

L'Escabellat: Dolça, dolça veu! I si jo escollia la terra?

La Princesa: Moriries. La vida no és sinó emmanllevada. Per uns quants dies tan fugitius, tan emboirats...

L'Escabellat: ¿L'Aigua no seria doncs amor, un gran amor, a la vegada terrible i generós?

La Princesa: L'aigua no és sinó potència cega i oblit sense mirada.

L'Escabellat: Quines paraules tan ombrívoles! No podria pas seguir-te. No, no podria. Sóc com aquest arbre mal romput. Mig mort, encara resisteixo...

La Princesa: És l'esperança de viure... de viure un pensament més. Si sabessis com nosaltres, els desapareguts, planyem els que viuen, perquè, tan pàl·lids com nosaltres, ells són enganyats...

L'ESCABELLAT: La teva dolça veu s'esvaeix, i la meva m'ofega.

LA PRINCESA: Oh! quin mal, quin mal! L'aigua m'empeny. Ja no podré parlar-te més. Vine!

L'ESCABELLAT: Estic com fermat a la terra.

LA PRINCESA: La meva mà... la meva mà rellisca... L'aigua me l'ha presa...

> (*No se la veu més.* L'ESCABELLAT *resta immòbil.* LA SENSE NOM *es mou una mica: després obre els ulls i mira a tots costats.*)

LA SENSE NOM: Em sents? Em veus?

L'ESCABELLAT (*obrint els ulls, amb lleuger sobresalt, mira primer al seu davant, cap al riu; després es gira envers* LA SENSE NOM *i parla*): Dormia? Estic segur que dormia.

LA SENSE NOM: Creia haver-te sentit... com si gemeguessis.

L'ESCABELLAT: No sé pas ben bé el que he somiat, però ja no sabria adormir-me de nou. La nit comença a aclarir-se. Veurem desaparèixer els seus abismes sense forma, que s'assemblen als de l'aigua. La llum altra vegada farà sortir els caires, dibuixarà cada camí. Voldria que la terra que torna a néixer m'ensenyés cada dia l'art de crear, com ella, per no res, la bellesa.

LA SENSE NOM: ¿I si l'aigua amb la seva mirada de serpent tornés a cridar-te, pobre moixó esgarriat?

L'ESCABELLAT: No: l'aigua és un oblit final. I jo vull un tros de terra on senti la fressa dels meus passos, on ensopegui i torni a aixecar-me... I tu, secreta i pacient com la terra embrunida, tu que tens la seva manera de suportar les ires i la fantasia dels déus, em donaràs la serenitat, la que lleva, si cal, sense esperança.

LA SENSE NOM: I no caldrà que m'allunyi encara?

L'ESCABELLAT: Vine prop meu. Que jo senti la tebior del teu cos. Contra el fred que hi ha en la mort, contra el fred que hi ha en la vida... la tebior del teu cos...

TELÓ

Salvador Espriu

PRIMERA HISTÒRIA D'ESTHER

Improvisació per a titelles

Personatges:

L'Altíssim
La Neua
El Rei
Aman
Esther
Mardoqueu

I els altres que aniran parlant.

L'acció, simultània a Sinera i a la veïna Susa.
Imagina els trucs escenogràfics que et convinguin.

Fou estrenada per l'Agrupació Dramàtica de Barcelona, el 13 de març de 1957, al Palau de la Música Catalana, amb música de Manuel Valls i figurins d'Antoni Bachs-Torné, sota la direcció escènica de Jordi Sarsanedas.

Maria Castelló, germana gran de la meva mare i padrina meva, era una dona grossa, d'escassa alçària, nerviosa, enèrgica, fidel a una tradició honesta de cuina casolana. Sortia poc, "perquè els peus li feien sempre molt de mal", i visqué i morí a la nostra vila de Sinera, sense haver gairebé rondat per l'incomprensible món exterior. Posseïa, no cal dubtar-ne, una cultura limitada, però perfecta, que fonamentava en coneixements antiquíssims d'arrel neolítica, en l'esperit mil·lenari del nostre poble, en una austera representació catòlica de la Divinitat. El seu univers, una mica eixut, era coherent i estable, i l'educació que li donaren li permeté de suportar amb serenor la seva tràgica malaltia i la seva mort, mentre agonitzava, als camps del país, l'última guerra civil, del trastorn de la qual fou, em penso, una de tantes víctimes. Consumida per un càncer, destí d'alguns de la seva família, mai, com en el seu cas, aquesta paraula no suscitarà millor a l'ànim la idea de destrucció lenta i absoluta. Perduraren només, fins al darrer instant, els seus ulls, negres, bellíssims, i la voluntat d'aguantar sense queixa el seu dolor. Es resistí a ser ajudada, no tolerà de ser compadida. Quan hagué d'allitar-se, la vigília de l'acabament, volgué fer-ho pel seu propi esforç. Pujà uns quaranta esglaons, des d'una planta baixa a un estatge superior, on tenia el dormitori, trigant tres hores llargues, amb esglai de les monges que procuraren d'acompanyar-la. Ella, però, aconseguí arribar i despullar-se, sense confessió de feblesa. Aquest acte, potser no massa intel·ligent, revela amb prou vigor la seva fisonomia moral. I jo no parlo, d'altra banda, de Mme Curie, sinó de la meva tia, una conca patrícia de Sinera, que m'estimava molt.

La netedat, la informació i la lectura apassionaven aquesta dona íntegra. La seva casa, un mirall, era plena de roba olorosa, porcellanes fines, mobles polits. La meva padrina portava al dia la seva crònica, veraç, pintoresca, equidistant —ho garanteixo— de la innocència i de la simple murmuració. Ella a penes sortia, però es llevava a l'alba i sabia les deus més profundes dels esdeveniments. Servida per una puntual memòria, dominava l'art, tan sinerenc, de vivificar el que contava. El seu do era respectat fins pel meu pare, hereu directe de generacions de conversadors. En escoltar-los, a ells i altres mestres, que se n'han anat o se'n van a poc a poc cap a l'oblit i l'ombra, he agraït el privilegi d'haver pogut endevinar quines coses magnífiques foren la nostra mar i la petita història de les ciutats de la seva riba, única pàtria que tots hem entès. D'aquí endavant, no ens queda, sembla, sinó perdre'ns, dalt d'un atrotinat i malenconiós gussi, en l'aiguabarreig d'aquells que hom anomena "organismes de civilització superior".

El tercer entreteniment de la meva tia era, ja ho he dit, la lectura. No va atènyer, és cert, el temps de les edicions exquisides de boudoir i mostrà sempre indiferència per la presentació de les obres, però llegí tot paper imprès que caigué al seu abast. Llegia per pura delectança, sense propòsits de lluïment, i temo que percaçaríem en va als nostres coneguedíssims manuals molts dels títols que més la divertiren. A les tardes d'estiu, es tancava a la seva cambra i llegia, invulnerable a la calda, asseguda en una cadira ranca. Les orenetes xisclaven fora, les hores passaven. Ella romania en solitud, abstreta, contemplada pels personatges immòbils de la llegenda d'Esther.

Perquè hi havia, penjada a les parets, una col·lecció admirable de gravats francesos, heretada dels besavis, on es narrava sencera l'anècdota oriental: el banquet del rei, l'allunyament de Vasthi, la boda d'Esther, la conspiració dels dos eunucs, l'exaltació d'Aman, el decret contra els jueus, la visita intercessora de la reina, la basca deuterocanònica, el passeig espectacular de Mardoqueu, el convit

estratègic, la confusió del refiat ministre, el triomf mo-

mentani d'Israel. Totes les escenes m'agradaven, sobretot la del desmai: veig encara la barba arrissada del rei, les carns mòrbides de l'heroïna, la mirada guerxa del favorit, la còrpora del subtil cosí, la dansa deliciosa de les figures del fons. La meva tia, permetent-me —magna concessió— d'interrompre-la en la lectura, fou la primera a explicar-me la significança de l'immortal apòleg. I hi posà un entusiasme ostensible, nascut a qui sap quines pregoneses de l'obscura sang.

Ara que presento al públic aquests nous titelles, he volgut recordar aquí alguns dels remots camins pels quals els ninots em vingueren a senyorejar amb llur gesticulació. A penes si em cal advertir, em sembla, que és del tot accidental qualsevol coincidència entre la meva provatura i una obra de la joventut de Goethe. Com que no l'he llegida i és per a mi un simple títol, és evident que la meva probitat no pot parlar del que desconeix. No val la pena d'esmentar tampoc altres possibles coincidències que els erudits assenyalin o els vingui de gust, ara o en el futur, de retreure: el joc s'ho porta, i estan en llur dret, si això els distreu. Sols afegiré que dedico aquest petit treball al meu amic Francesc Josep Mayans, de la generació literària següent a la meva, que ha apostat, amb risc evident, per l'encert d'algun cantàbil de la reina Esther.

Barcelona, maig 1947 - febrer 1948 i octubre 1966.
Revisada de nou per l'octubre de 1967.

ALTÍSSIM: Que Déu us doni sempre la seva llum. Jo, l'Altíssim, cec d'aquesta parròquia de Sinera, tinc missió de convocar nens i crescuts... no a la "Sala Mercè", ara de magna esbaldida, que tant li convenia..., sinó al jardí dels cinc arbres, sota el roser de la pell leprosa, la troana, la camèlia, el libanenc i la palmera gànguil, avui, una tarda d'estiu, sense cap núvol al cel, segons quedo notificat per la xerra caritativa de la Neua. Mossèn Silví Saperes, el nostre propi senyor ecònom, us convida als putxinel·lis de Salom, a mirar i aprendre la bíblica i vera història de la bona reina Esther. Veniu, amb la quitxalla, vilatans, patricis, homes, dones i compatricis! Les hores s'afeixuguen, hi ha molta calma a mar, xisclen pels rials les orenetes. ¿On trobareu més divertiment i més amable aire, per un preu, diguem la suposició, gairebé de franc? Promès, ho deixo al fibló de cada consciència: que la voluntat fixi l'entrada. Rotlleu-vos, doncs, a pler, entorn del petit teatre. Feu via, que ja el rei s'emprova la corona del seu càrrec, el gran rei, a Susa, lluny d'aquí, prop d'aquí, potser davant aquests mateixos nassos. Els ninots parlaran i ballaran, moguts per la misteriosa traça de l'Eleuteri, el fill de la Marieta, el noi de la casa del costat, que un dia s'escolarà, com sabeu, sense temps ni d'un badall, les cames ben tallades, arreplegat per una màquina... Però avui Salom li encarrega encara de comandar la bellugor dels seus titelles. Procureu de distreure-us una estona i oblidar-vos de tot el mal que ens ha de succeir. Després, quan el sol s'hagi post i l'Hereu Quiliè camini contra la fosca de Sinera amb la canya d'encendre els fanals, anireu xano-xano a sopar i a esperar la son i la gràcia d'un nou matí, per a qui arribi. I prego al selecte d'amainar gatzara, car la representació comença. ¿Estàs a punt, rei de Pèrsia?

Rei: Calma, favor, una mica. Enfilo l'estrada del meu se-tial, a perorar des d'allí amb la majestat que m'escaigui. Saludo amb la prèvia, de tota manera, el públic. Abillat de rei, figura que sóc l'amo de cent vint-i-set províncies, els noms de les quals, un darrera l'altre, em jugo un pam de mànec d'aquest ceptre, pedreria inclosa, que no sabria recitar de cor ni el bon minyó del noi de la senyora Martina, aquí tan valent empo-listrat de pitet i marinera, ni tampoc, potser, el mateix doctor Pericot, i ja veieu de quina carta me n'arribo a anar. Em dic, víctim, Assuerus, acerba mena de bunyol de vent per a la sencera vida, que Salom ha provat sense èxit de desinflar amb les martingales més subtils de la metonomàsia. Incomptable el nombre dels meus súbdits, no dibuixaries tampoc límit a les meves riqueses. Regno des de fa tres anys i, no gens cruel d'entranya (ho juro!), porto escapçada una grossa justa de germans, de senzill i àdhuc de doble vincle, tant per evitar que hom m'engavanyi el fruir tranquil del dia de demà, com per respecte al principi d'upa de sotmetre't de grat als costums d'on et trobis, i jo sóc a Pèrsia i Mèdia, països que gaudeixen, gràcies a aquestes i altres mides discretíssimes, d'una avançada envejable sanitat pública. Els sacerdots del foc sancionaren, endemés, la profilaxi i m'ompliren els narius d'encens absolutori. I no surto avui, d'altra banda, a parlar de rigors i misteris del govern, sinó a anunciar-vos el gran banquet del vi, al meu palau, amb el qual commemoro... No recordo el que assegura el majordom de torn que commemoro. Això sí: de pedreny senyorívol, passaré, amb el som-riure als llavis, per pur dret d'obligació, amargues estones de coragre. M'acompanyen ministres, prín-ceps, generals i eunucs —ecs!—, dels quals hi ha a la

cort, malgrat la meva repugnància, una escarafallosa
munió, genuïna pesta. Vénen amb mi...

ALTÍSSIM: Afluixa, para, que el plançó de la senyora
Martina se'ns mostra vehement a etzufar-nos ell tot
solet les llistes.

REI: Engega, doncs, sense ensopecs, Tianet, bufó.

TIANET: Mehuman, Bizta, Harbona, Hegai, Bigtan,
Teres, Abagta, Atac, Zetar, Carcas...

REI: Uns quants eunucs d'entre els de més supòsit. I els
prínceps...

TIANET: Memucan, Carsena, Aman, Sethar, Admata,
Tarsis, Meres i Marsena.

ALTÍSSIM: Una estampeta de premi, representant la glo-
riosa santa Rita, de part de mossèn Silví, per al local
fenomen. Que Déu ens el conservi i ens el faci créi-
xer tan eixerit i aplicat com al present observes. I
mira també, no et torbis, com surten a l'escenari els
anomenats i dansen segons l'humor de l'Eleuteri.
Ah, Nani Valls, arrenca de fagot i timbales! Guar-
neix i subratlla amb xim-xim condigne la magnifi-
cència del gran monarca, la pompa d'un jorn apoteò-
tic.

BIGTAN:
Apoteòtic!
Aquest mot exòtic
em torna neuròtic,
prostàtic, cianòtic,
elefantiàtic,
penibètic, tític
i àdhuc apoplèctic
i arterioscleròtic.

REI:
La son ja no agafo,
ni prenent hipnòtic,
excitat en veure'm
tan apoteòtic.

MEMUCAN:
Oh senyor despòtic,
fel·loplàstic, mític!
El vil fang demòtic
et saluda extàtic,
mefític, luètic.

REI:
> Un perill ben crític
> del trasbals eròtic.

MEMUCAN:
> El teu jou sincrètic,
> paterno-asiàtic,
> fins permet que un òptic
> sigui matemàtic.

COR DE TITELLES:
> Sobirà estrambòtic:
> sense accent emfàtic
> ni tampoc escèptic,
> entonem un càntic
> d'amor patriòtic.
> Que puguis, oh màstic
> elàstic!, al pòrtic
> del palau fantàstic,
> seure majestàtic,
> per mil anys de fàstic,
> com avui, simpàtic
> jorn apoteòtic.

UN TITELLA: Tic, tic.

REI: ¿Al reial "Cor de l'Esperança", o desvergonyiment o cues? Botxí, localitza'm el bronquític responsable de les notes subversives i talla'l de seguida a trossets, d'acord amb certa llei que sancionàrem.

TITELLA: S'arrossega un verm badoc, fill de marfanta, en demanda de clemència. Si s'abellia la víscera de la pietat autocràtica a concedir-me una sola paraula vivificadora de perdó, m'agemoliré, rebuig de tènia, fins a fer-li eternes mamballetes.

BOTXÍ: Bastarà ajupir-te, manu, per tal que un servidora t'amidi còmodament tendrums i molses i et festegi amb cortesia les costelles i altres diverses mostres de cocals. I no se m'atabuixi en la comesa, que prou la ganiveta és esmolada.

TITELLA: Apoteòtic, poteòtic, oteòtic, teòtic, eòtic, òtic, tic, ic!...

ALTÍSSIM: Ai, ja no piula, el malastruc!

BOTXÍ: Al cuc no resta suc ni bruc: menda, la justícia, no li pot arranar més l'alè. Amb permís, m'emporto les deixalles, a aprofitar-les per a la grípia del bestiar del Compare Flac.

BIGTAN: Escenes com aquesta es descabdellen sovint a Susa, sobretot en el transcurs de les freqüentíssimes diades apoteòtiques. La severitat de les ordenances aconseguí, però, cal convenir-hi, que els perses cantin unànimes i amb força harmonia. Pregunteu qui sóc? Bigtan, capità de la guàrdia del palau, company de Teres, i integro, amb l'al·ludit, la secreta oposició del rei, agreujats contra ell d'ençà que, després de resseguir, un vespre mortal, les aixetes del casalici —car el tirà baladrejava, o embriac o foll, que sentia degotar-li des d'alguna la sangota dels germans damunt la clepsa—, ens regalà en recompensa, mofant-se de nosaltres, no un elefant, com pels cànons pertocava, sinó un ase salvatge, un dimoni d'onagre, el qual esmicolà una amor de barcades de terrissa de ca "Els Nois Grossos", importades de Sinera a nòlit nostre. Assuerus rigué, en saber-ho, fins a pèrdua d'esma, i actualitza encara, vingui o no a to, a les tertúlies, el record de la lletja facècia. I Teres i jo, vexats sempre i empobrits a partir d'aleshores, ens dediquem a ensalivar dolceses de venjança i esperem, vetllem i conspirem.

MARDOQUEU: El Sant d'Israel ha posat Mardoqueu a la porta del palau per destorbar els susdits propòsits i endegar després els afers a profit de la nissaga de Jacob. Mentrestant, suporto pruïja de mentagra i armo, les vetlles d'hivern, a redós de braser, belles partides de tuti amb Secundina.

SECUNDINA: Sí, mi-te'l, quin remei li queda a una? És un vell pelut, sutjós, amb crostam a la barbassa. Una al·lota de posat esquerp ve a portar-li aquí la minestra, car ell no m'abandona mai l'entrada, vigila que vigilaràs, no sé a quin aguait, vigila que vigilaràs. Quan juguem, és llestíssim a adjudicar-se atots per al seu guany, amb tant d'abús, que m'enquimero i m'entren ganes de clavar-li amb l'escombra un juli d'escaiença i llançar-lo, esbalandrat, a les desemparances del carrer. Sinó que a l'acte m'assereno i em faig: "Bah! ¿Una, amb tants maldecaps i la feina dels encàrrecs, Secundina aquí, Secundina allà, sola i sempre amatent a la porta? Anem, tolera l'avi i les seves patotes, perquè t'entreté, t'ajuda i serveix encara, certus, de companyia."

AMAN: Detesto el captaire garoler que xiuxiueja de sol a sol amb la portera i no s'alça ni saluda quan travesso el cancell. En enlairar-me a primer ministre —i sóc, pels senyals, a les envistes del cobejat triomf—, encetaré una política d'extermini contra els jueus, culpables únics, com és notori, de tots els mals que trobessis a Pèrsia, i enllestiré l'escàndol del repugnantíssim ancià d'aquella raça. Avui, tanmateix, distraguem-nos una estona dels nostres antics odis i lliurem-nos a les delícies del convit.

REI: Tens cori-mori, Aman? Verdeges, sembla. Atansa't, amic, no et decandeixis. I vosaltres també, senyors: heus aquí el xarel·lo, el do de les vinyes àuries de Sinera, tramès, sense reparar en despeses, dels propis prodigiosos cellers de can Nineta. Beveu-ne a tentipotenti, que ningú no es constrenyi. Beveu a pòtils, si voleu, car no m'acabareu els barralons.

CORTESANS: L'exclusiva munificència del príncep ens engreixa a rebentar en aquests temps admirables.

REI: Xo, aduladors, conducta! De tota manera, gràcies, gràcies: celebro l'alegria. M'escarrasso a acontentar-vos, és la veritat. Fins al punt d'ordenar que vingui la reina Vasthi a amenitzar-nos el fraternal, a arrodonir la festa. L'esvelta, petita, bellíssima Vasthi, la meva feliç vida. Prepareu-vos, nobles, a contemplar com camina l'alba, el lliri dels jardins del cel. Esclaves, agenceu Vasthi. Que es presenti davant nostre, amb la corona i l'aspecte rutilant de les solemnitats.

VASTHI: No vull venir.

UN EUNUC: Senyor, la reina diu que no vol venir.

REI: Com, com, com? A vegades sordejo.

VASTHI:
Car Assuerus, brau marit,
assabenta't pel meu crit
que refuso d'assistir
al banquet magne del vi.

REI:
¿Ho motiva la salut

o ja em tractes de llanut?
¿Se't sorolla una denteta,
em prepares la traveta
o sospites que les noies
del servei t'afanen joies?
Si t'espanta la fatiga,
et duran, gentil amiga,
en baiard, ben ajaguda,
a l'indret de la beguda.
¿O potser un de l'ajust
t'ha donat qualque disgust?

VASTHI:

No, no em sento gens cansada
ni m'han pres cap arracada.
Als calaixos res no falta,
no tinc aire de malalta,
i ningú del teu favor
no m'entenebreix l'humor.

REI:

Vasthi meva, t'he passat
mil capricis, de bon grat.
Ara pensa, mira bé
el que més a tots convé.

VASTHI:

No t'enganyaré a petons
ni m'empescaré raons.
Net i clar: no vull venir,
ve-t'ho aquí, pobra de mi!

REI:

Aconsella'm, Memucan.
Has vist mai un cas semblant?
¿Em decanto pels ulls grossos
o li trenco part dels ossos?

MEMUCAN:

Famós rei, et desplaurà
el discurs d'un ancià.

REI:

Tant se val! Belluga els llavis:
esperem de tu mots savis.

MEMUCAN:

Permet, doncs, que t'obri el pit
i declari el meu neguit.

Si li feies ara el tato,
deixaràs seny i gaiato,
oh suprem pastor de Mèdia!
Considera la tragèdia
dels teus súbdits, endemés:
un fatal, tètric procés.
Tots, llevat d'alguns porucs
i del gremi dels eunucs,
som, evidentment, casats.

REI:

El més gran dels disbarats,
amollar-te al matrimoni.

MEMUCAN:

En donem pla testimoni.
Però l'ordre social
es recolza en aquest mal.

REI:

Prossegueix, ensumo on vas,
solemníssim taujanàs.

MEMUCAN:

Quan les dames del país
endevinin mig somrís
de victòria al rebel rostre,
notaràs, monarca nostre,
com no queda bri de pau
a cap casa ni palau.
Car és cert que, si no t'alces
a dictar fort escarment,
des d'aquest precís moment
elles portaran les calces.

REI:

Les senyores manaran?
Llur costum, vell Memucan!

MEMUCAN:

Mes d'ara endavant sens límits,
els agosarats i els tímids.
Les mullers no fermarem
ja mai més dintre l'harem.
I seran, desvergonyides,
els corcons de nostres vides.

REI:

Calla, prou! ¿Quina sentència

em proposa la prudència?

MEMUCAN:

Si la llesta gata maula
no t'honora avui a taula,
foragita-la del llit
conjugal, ans de la nit.

REI:

Decidir-se pel repudi
és un pas digne d'estudi.
Altrament, perdo, amb l'esposa,
llum, estrella, somni, rosa.

MEMUCAN:

Sacrifica't per l'esclat
i el prestigi de l'Estat,
pel sofert sexe viril
i altres coses per l'estil.

REI:

Sigui! Aparto la perversa
del meu tàlem i conversa.
I deseu-la en un convent,
a pa i aigua, per turment.

VASTHI:

No podràs. Corro a Sinera,
amb galant, cotxe i cuinera.
Menjarem, durant la fuga,
pinyonets, matafaluga,
raïm, menta, melmelada,
rogerons, carn de becada.
I diré que l'euga pari
a l'hostal de Mont Calvari.

REI:

Se m'escapa qui millor
m'entenia el païdor.
Quant d'enuig, dol i tristesa,
amb la intimitat malmesa!
Em retiraré a recés,
a queixar-me, cavallers.

MEMUCAN:

No t'escau la mala ganya:
et convé nova companya.

ALTÍSSIM:

Galiveu tràfecs d'embut:

o casori o solitud.

CORTESANS:

Visca el nostre salvador,
vencedor d'un escurçó,
del verí de les femelles!
T'ofrenem llor i poncelles.

ALTÍSSIM:

Palatins, funesta gisca.

CORTESANS:

Visca el rei Assuerus, visca!

ALTÍSSIM: Mentre el rei se'ns amaga a purgar el fel de la seva desil·lusió, els cortesans es basquegen a triar-li una altra dona. Després de mastegar-ne penjaments, afirmen ara, sense envermellir, que les noces són, en aquestes circumstàncies, el desideràtum per a Assuerus. Cal o no junyir-te? Plet antic com el món: no t'hi encaparris, creu-me. Passo prou treballs a comunicar-vos l'enrenou de Susa, quina mena de feroç empenta mobilitza l'exèrcit esgarrifós de les fadrines, temibilíssim pop de cent mil tentacles. ¿I vosaltres, donzelles de Sinera, menyspreareu la considerable oportunitat? Pèrsia no pararà, advertiu-ho, massa lluny de Kapurthala. ¿La vostra boniquesa temeria altrament competicions? Au, a bodes us convido, noies de l'Escarabar i del Tussol! Que la trompeta del nunci amplifiqui la meva crida i l'emmeni d'extrem a extrem de la vila i més enllà, almenys fins a la torre dels Encantats. I si necessitàveu (enteneu el sentit i preneu-ne la recta intenció) campir qualque pedaç de tela, apuntalar adobs o alguna catxaruta aixaropada, aduneu-vos amb la Neua, la Bòtil i aquelles dues ànimes cristianes de la Coixa Fita i la Narcisa Mus: ni les bruixes de Vallgorguina no les guanyarien a manetes, tocant al punt i xup-xup del teto calent o del brou de l'herba de seguissets. I freno, desgraciat d'un hom, car esberlo, sembla, segons mossèn Silví mana avisar-me, el carro pel pedregar. Afegiré només, amb les degudes llicències, que també el call de Susa remena i bolla, davant les expectatives, com una mata de xanguet.

MARDOQUEU: ¿Temptem fortuna, cosina Hadassa, filla meva?

ESTHER: El que determinis. Manada, sóc persona obedient.

SECUNDINA: No, si la tal xicota, feréstega com et cauria de bell antuvi, s'expressa d'habitud amb molta lletra.

MARDOQUEU: Descomptava la resposta. D'ençà que quedà òrfena d'Abihail, el meu oncle, he criat Hadassa, a qui anomenem Esther, i l'he pujada en la temença del Senyor i la ciència de les Escriptures. Perquè, si la casa i les riqueses són l'heretatge dels pares, la dona prudent és de Jahvè.

ESTHER: Aigües pregones les paraules de la boca de l'home, torrent desbordat, deu de saviesa.

MARDOQUEU: Qui aconseguí bona esposa aconseguí el bé i la benevolència de Déu.

ESTHER: La dona virtuosa és corona del seu marit. Però la dolenta, corc dels seus ossos.

MARDOQUEU: Anell d'or al nas d'un porc és una dona bella i mancada de seny. Dona forta, qui la trobarà? Car el seu preu sobrepassa el de les gemmes.

ESTHER: Una dona graciosa i assenyada obtindrà glòria i edificarà la seva casa.

MARDOQUEU: El cor del marit descansa en ella, i guanys de tota mena no li faltaran.

ESTHER: Ec., IX, 9.

MARDOQUEU: Cnt., VII, 1.

ESTHER: Sal. CXIX, 105.

VELLS D'ISRAEL: Irreprotxable de doctrina. Oh, sí, irreprotxable!

MARDOQUEU: I què de cantarella?

VELLS D'ISRAEL: De la més pulcra, polida tradició.

MARDOQUEU: I de registres?

VELLS D'ISRAEL: Nacre!

MARDOQUEU: Crèdit?

VELLS D'ISRAEL: A bastament, àdhuc.

MARDOQUEU: Avança, doncs, Esther, vers un destí d'estrella. Guarda't, però, de revelar la teva estirp i el teu poble: crec d'evidència no haver de recalcar per quins motius.

ESTHER: El caut en aquest temps calla, car el temps és dolent.

SECUNDINA: Ja en el disparador, gronxem-nos-hi. Confrontaria de gust la joveneta amb el Tianet. Ara, això d'atrapar Assuerus, galivances. Sí, com jo!

MARDOQUEU: Tu deixa'ns penetrar. Quant a la resta, em refio de l'enginy d'ella i de l'eunuc responsable de les dones del palau, Hegai, que és amic meu i, per la brama, un expert.

HEGAI: En confiança, entenc, sí, d'agulles i cosmètics. Dictamino, per tant, d'untar-la i maurar-la sis mesos amb exquisit oli de mirra i altres sis amb ungüents d'Aràbia i pomades precioses. Quan l'aromatització i el tremp siguin perfectes, idearé un conjunt de farbalans i puntes... Oh, ja m'inspiro, una fantasia folla, folla! Et prometo de presentar-la policresta, seductora: breu, de capritx. I no vigilis ni pateixis per via de moral, que resulto, prou ho saps, de condició ben inofensiva i em ve, a més, d'ofici ser força primmirat.

MARDOQUEU: Friso. Escurça'm el període de tastets i provances. No m'entretinguis amb postures el rosec de l'actual agonia.

ESTHER: Pondera't, cosí. Per a tot hi ha el seu temps i per a cada cosa hi ha avinentesa sota el cel.

SECUNDINA: Impossible per a aquesta trampa. Pobra noia, me la miro i represento un espantall, amb els bonics i galindaines del cosonet. Mardoqueu, però, endavant i crits, sense avenir-se a raons, endavant, no sé a l'últim quines atxes. Uf! Li entebiono una tassa de cordial, perquè cuido que el patafi haurà d'estabornir-lo.

ALTÍSSIM: Lluny d'osques, Secundina. Quan Assuerus contempla Esther, li col·loca la corona al front i l'erigeix en reina en lloc de Vasthi.

SECUNDINA: I ara! ¿Comencem a beure'ns el senderi, a l'avisada cort de Susa?

ALTÍSSIM: Repara que el vaitot del rei té mèrit.

SECUNDINA: Ni tampoc ho negaria. Que se serveixi detallar-nos, tanmateix, per què escull, per al paper de pròpia i legítima, aquesta inconeguda en la foscor.

REI: a) Perquè tants perfums i llaços em maregen una mica. b) Perquè m'ha pescat de filis i no garla de música. c) Perquè diu que no li resta parentela a qui fer rica. d) Perquè jura i m'assegura que no m'obrirà cap plica. e) Perquè puc enyorar Vasthi, i ningú ja no em predica. Ah, memòria de Vasthi, la claror dels cims llunyans! L'ocàs ridiculitza l'anhel de felicitat, mot prohibit a la boca, obscè a l'oïda, nom d'un singular, dolorós, incomprensible sentiment. Ara aspiro tan sols a la calma, a entreabaltir-me xau-xau, xau-xau, amb una dolçor lenta.

ESTHER:
Posa el cap, rei, a la sina
olorosa a tarongina.
Posa el cap en el meu pit,
com si fos coixí de llit.

REI: Recordo amb malestar certs rodolins, Esther. ¿Em canviaries els teus per altres versos, per exemple estramps, si no t'ocasionava molèstia?

ESTHER: Ho intentaré. Versejar m'és, però, un poc dificultós, t'ho participo.

REI: Em plau de constatar-ho per les mostres, no t'hi amoïnis. Agombola'm, que no em refredi. Les parpelles se'm clouen. Vaig endormiscant-me, sembla.

TERES: El rei tus, rondineja, es belluga cercant jeia. La son no trigarà.

BIGTAN: Aprofitarem avui l'ocasió, Teres: desembeina el sabre. Bo, nous estossecs, malviatge! Paciència, Assuerus, que prou ens vagarà de receptar-te juleps d'eternitat, dintre un moment, amb el silenci que ja arriba. Introduïm-nos a peu de mitjó a l'alcova dels jovençans, a cobrar d'un cop el saldo d'antics comptes.

TERES: M'entusiasmaria ajornar-ho, conspirar una estona més, ara que tant n'apreníem. Altrament, el glaç del trespol m'enrampa les cames. A tu no? Si se m'augmenta el fred, et prometo d'enrederar-me abans d'atènyer les cortines del llit. L'ànsia de la fressa també m'esparvera. I quan la porta grinyoli? Tot el palau ens abraonarà.

MARDOQUEU: Només un home, el captaire del cancell, ha d'abatre els capitans vanagloriosos. Sí, el pobre jueu, l'ancià frèvol, instrument de Jahvè.

TERES: Sents, Bigtan? Boques desdentegades remuguen en la tenebra, la meva orella n'ha collit el remoreig. Un vent damunt meu passà. S'alçaran les fantasmes de les visions nocturnes.

MARDOQUEU: ¿Coneix el discurs d'Elifaz el Temaní, o es tracta de simples coincidències d'expressió? Fóra bonic que suscitessin amb citacions importunes les meves simpaties de misser.

TERES: La babeca esbufega ran de cabells, ombres hostils s'agotnen pels murs, llavis sinistres es baden fosca enllà. Ai, com retruny en la nit la burla del dimoni!

MARDOQUEU: Si continua així, a mi mateix m'encomanarà basarda.

TERES: Reculem, Bigtan: pressento que han de descobrirnos. D'altra banda, si matem el rei, n'entronitzaran de seguida un de pitjor. "A cada bugada es perd un llençol", solia dir la mare, que al cel sia.

MARDOQUEU: ¿Encetaran a aquestes altures un tema de caire filosòfic? Déu no ho vulgui, perquè, en semblants casos, o hi intervinc o em migro.

BIGTAN: ¿Pledeges a favor d'Assuerus o prens el seu partit, covard? ¿Vacil·larem o desistirem, ja descalços, al llindar de la cambra? Acredita't d'honest, Teres. Ningú no discerneix d'antuvi les causes del triomf o del fracàs, els senders per on l'endinsen les accions i els seus somnis. L'obscur destí ens empeny, tot mostrant-nos una ratlla enigmàtica. Ens agrada sols projectar a les converses, ens decebrà i enutja realitzar desigs, d'acord, mes la jactància compromet sense remei. ¿O t'afigures que, si girem cua, podrem demà esguardar-nos de fit a fit i comentar tranquil·lament la cacera de la llebre o els darrers escàndols matrimonials de Susa? Paraules greus, ni que te les dicti un cor frívol, engendren inexorables conductes serioses.

TERES: No se m'acudeix cap imbecil·litat eficaç per replicar-te. Mana i disposa, doncs. Col·laboro.

MARDOQUEU: Retenen a la fi raons, llurs llengües s'encasten als paladars. Branden les armes nues, llisquen pel marbre a guisa de llops. L'hora d'intervenir, braços febles! M'abalanço d'improvís a llurs esquenes, els sobto amb esgarips esgarrifosos. Ajut, els lleials, els sentinelles, que hom atempta contra la vida del rei!

SECUNDINA: Curses, esvalots, torb, desori. ¿Què garganteges, vell, enmig de la babel?

MARDOQUEU: Tresca, Secundina, aixeca els patis. I

vosaltres, sobirans senyors, lleveu-vos. Incrimino aquests d'intent de regicidi.

REI: D'on, el perill? Em defensaré i protegiré, no caduquejo. Ah, els capitans subjecten tanmateix el brètol, d'una gallarda estampa, valga'm! Amb tal fesomia, sobraran dilacions processals: la culpa li és ben allevadissa.

ESTHER: Espavila't, espòs, i distingeix, et prego, qui increpa i aguanta a qui.

REI: Què insinues? ¿Bigtan i Teres, assassins en aprenentatge? I fuig!... O potser ho ensopegues, ara m'adono de llur esglai. Que entercs, sota aquestes grapes! M'explico, però, el pànic dels minyons, presoners del campió de les bubotes. ¿I tot el bé de Déu de barba que tragina li pertany per justos i autèntics títols, sense amagar-hi, per remuntar-la, postís de cap mena? Si un dia decidies tondre't, l'avi, que et torisquin les tisores d'en Calau Pòrtules o les miraculoses d'en Fèlix Parrissa. Malfia't d'arriscar-te al vigor d'altres barbers, t'ho recomano. I el mal? Tan apoderat te'l noto, que ni el bàlsam del Papa Innocent no l'amorosiria, em penso.

SECUNDINA: Hi clisses. Jo, en persona, he aplicat als brians, mesos i mesos, amb diligència i magna llei, escuma d'or, oli rosat, blanquet cru, a escrúpols, a dracmes, a diners, a dojo, fins a buidar-ne la tenda de la Mariàngela. Per al dedins de la victèria, em formalitzo, quan s'escau, a administrar-li, matí i tarda, un vas regular d'aigua de pimpinella, flor de nimfa i créixens. Com si res. Ell i la natura, entemats en els tretze d'axioma. Filla, una creu!

REI: A matèria esgotada i esforços nuls, resignació, no t'alteris. Bé, en pretèrit el perill i el rebombori, tornem a les nonetes, abans d'apuntar l'alba. Soldats, lliureu al botxí el parell d'emmudits infeliços. Nens, nens, com lamento la lleugeresa! No paíreu la broma de l'onagre, ho endevino? Escassa imaginació i excés de geni, defectes nacionals de Pèrsia, admetem-ho. En fi, valor i curt suplici, adéu! I que els escribes detallin a la meva crònica aquests esdeveniments memorables.

SECUNDINA: Tothom desfila, i a tu, ni les gràcies. Ai, *103* company, que els negocis se t'endeguen a la biorxa!

MARDOQUEU: Tàctica. Esther i jo treballem de sotamà.

SECUNDINA: Millor, si te n'acontentes: no t'he de contrariar. Apa, no et plantifiquis. Sortim també, que tantes agitacions, a les petites i en cos de camisa, només et proporcionen calapàndries.

ALTÍSSIM: Mardoqueu se'n va, amb l'aliada, banyabaix, un poc desconcertat, observeu-ho. A l'escenari sense putxinel·lis hauria de descendir el teló, en un respir d'entreacte, mentre la drapaire brisa matinal recull i s'emporta, pels solitaris carrers de Susa, últimes gelors de lluna i estrelles. En la pausa rumiaríem, si més no, la pedregada de tirosos vocables que l'autor ens ha etzibat amb mandrons d'una parla moribunda, ja gairebé inintel·ligible per a molts de nosaltres. Salom, però, ho ordena altrament, i jo, la groga, m'he d'enginyar a omplir-vos el lapse amb acudits i notícies de carnestoltes. Sapigueu, doncs, que l'Eleuteri, amb la gargamella a l'escarlata (d'estrafer l'espinguet dels ninots), es beu a glops, per suavitzar-la, unes quantes gracioses fresques —i no t'alleris, Tianet, a corregir-me, car a Sinera sempre ho pelarem així. Ítem, que Bigtan i Teres pujaren, modestos de capteniment, al cadafal, a ensenyar-nos canes i canes de llengua saburrosa, tan bruta, que el florense els prescriví, per màrfegues, un purgatiu de cavall, tanmateix activíssim. Ítem, que els historiadors historiaren la història amb històries d'historiografia historiada —i, ans de qualificar l'embolic d'estirabot, et demano de fixar-te en la manera com historien els historiadors. Ítem, que dama Alfina i dama Betina i dama Gambardina inauguraren, en lassar-se de batxillejar, espasmes del nirviós de la corda fluixa, úniques en la crispació i en el sofrir, segons ens ho bruelen. ¿I els altres bordejaran tau-tau, potser? No, mentida, escolteu-ho amb polca:

> Tots patim. Les cadires
> són coixes, i se'ns claven
> els llistons a l'esquena.

Això, quan Déu ens deixa seure, de tard en tard, com a la senyora Maria Castelló, lectora immòbil. No, no botzineu, assuaugeu bramuls, madones. Uniu-vos als silenciosos que sirguen i tomballen dintre el resclum de la ratera sense escapatòries. I prou d'aquest coll, perquè se m'obliga ara a engiponar la cançó de Iehudi, Iehudi dels Anchisi, no importa si de Susa o de Sinera o de la ciutat d'en Nyoca. Trempa la guitarra, Neua. Embraga, embranquem-nos i sallem:

> Iehudi, marit sastre
> de jaç sollat,
> no troba barretines
> ni estrenyecaps
> que puguin amagar-li
> aquell gran dany.
> Regira en va botigues,
> caixes, encants,
> mostrant arreu les noses
> del front al ras,
> on nien caderneres
> i qualque gaig.
> Després d'inútil brega,
> de molt trasbals,
> el bon minyó d'Anchisi
> s'ha refredat.
> Amb esternuts trontolla
> fins el Mont-Alt,
> s'embussa, expectorava,
> li raja el nas.
> Aleshores comença
> a reguitnar,
> damunt els responsables
> del greu cadarn,
> un cúmul d'improperis
> i marramaus
> que li cabriden ganes
> d'escampar sang.
> Del pensament a l'obra,
> tan sols un pas:
> en vesprejar cosia
> amb un punyal

els cossos de la dona
i el seu amant.
Com més cus, més forada
el drut gallard
i converteix l'esposa
en un buirac.
Llurs pells no li valdrien
ni per fustany:
les llença de pastura
al calamars.
A poc a poc se'n torna,
pengim-penjam.
Ja no tus, i les gorres
prou li entraran.
Però de sobte cauen,
galtes avall,
espesses llagrimotes
de sauri fart.
Iehudi plora, plora
que ploraràs.
Ai, sastrinyoli ranci,
sentimental!

Sí, vilatans, guarir de marfugues costa car, tant als Anchisi com a Assuerus, el qual febreja, d'ençà del recent poti-poti, i defèn a Esther d'entrevistar-se amb ell en una mesada, potser per tal de no contagiar-la, si fos passa. Estubat, empeguntat i força empotingat, el rei de Pèrsia aplega els seus consellers, amb la intenció de desempallegar-se temporalment del feix de l'imperi, que el rebenta de veres, com de seguida us ho manifestarà.

REI: Conductor ja sense gaire delit del carro baluerna, després de molts trontolls de vigílies i bàtecs, habilito Aman per als ooixques més peremptoris. Si gruares el fuet i les regnes, ufaneja en el futur amb llur maneig.

AMAN: En encarregar-me, en ple tràngol, del timó de la nau, m'ajupo, nostramo, a besar-te la sandàlia. Responsabilitat i prerrogatives m'aclaparen ensems.

REI: Alerta, amb l'emoció, a rodolar de trompis. Em consternaria que des del principi la closca et tombegés.

ALTÍSSIM: Pifres, nyigo-nyigo, redoblants de cerimònia. Àulics, de bocaterrosa! Assuerus diposita a la destra d'Aman l'anell emblemàtic del poder.

REI: Enllestirem de pressa. Redreceu-vos, senyors, i acomodeu-vos per oir el programa del ministre. Tu, res d'emfasitzar, controla't els arpegis. Que tothom et copsi directrius i consignes. I dissimula si badallo, car la nyonya em va espatllant de mica en mica la urbanitat.

AMAN: El meu pedagog, un esclau d'origen hel·lènic, m'educà en el culte del laconisme.

REI: Detall encoratjador. Debuta.

AMAN: Amb la vènia. Rei de reis, pròcers i llinatges de Pèrsia, cortesans, eunucs i cavallers!

REI: Dos punts.

AMAN: Jo hi discernia admiratiu, ai ai!

REI: Pst, dos punts. No t'altivis i empalma.

AMAN: D'allò... eunucs i cavallers... Ah, sí! Ara que assumeixo les funcions inherents a aquest setial, segon del reialme per la volença de l'august monarca...

REI: Etc. Alforra adorns d'exordi. Teca, visir. Esbossa'm les bases de la teva política.

AMAN: Te la perfilaré: ordre públic com a clau de volta, prestidigitacions de clemència i tralla, intangibilitat de l'os bertran dels funcionaris, pa a betzef (en el paper), foments calents d'indústria i cultura, forces vives al bany maria, extermini dels jueus.

REI: Resum disert d'estadista, et felicito. Quant a la magrana final, ja m'has polsat ben bé l'opinió?

AMAN: La degolladissa extasiarà la púrria pucera, delerosa de joguinejar i expansionar-se. I les resultes beneficiaran el teu patrimoni amb deu mil talents de plata, que posaré a les mans dels tresorers.

REI: Consigna'ls al Fisc, partida "Fons de Rèptils". Uix, algú ha de pagar els plats romputs! ¿I per a quan, la gresca?

AMAN: Als daus de Saurimonda, el tretze d'Adar. Ve't aquí l'edicte. El sanciones?

REI: Imprimatur!

ALTÍSSIM: Partiren correus a totes les satrapies, amb còpies del ban i instruccions del privat per als governadors. Ploralles al call de Susa.

JUEUS: Persecució damunt els nostres lloms! A sepultu-
res d'ase ens abocaran.

JUEVES: A senallades, ai! Ens arrossegaran a xolls i fe-
mers, entre la immundícia de les carronyes, orbats
del cel de Jerusalem.

MARDOQUEU: Confusió i afront ens cobreixen. Perquè
pecàrem contra Jahvè, nosaltres i els nostres pares,
des de la joventut fins aquest dia.

JUEVES: Dia d'estralls i de fosca, dia obscur i de núvol so-
bre les roques i les torres altes.

JUEUS: Com peixos agafats a la xarxa, com ocells preso-
ners en el parany, talment així ens atrapa i ens sobta
el temps de l'infortuni.

MARDOQUEU: Ens emmenaran entre el nombre dels di-
funts, els difunts sense memòria en llur destí immu-
table.

JUEUS: Dejuneu, els cecs vacil·lants a veredes de tenebra.

JUEVES: Salva'ns, Déu, refugi nostre per generacions i ge-
neracions, de la ira dels adversaris del nom d'Israel.

MARDOQUEU: Marxo ennegrit, i no pel sol. Esquinço el
mantell i encendro la testa. M'aixeco i clamo pels
carrers. Dirigeixo el meu plant vers on sojorna el rei.

SECUNDINA: Condolences, Mardoqueu. Cerques Esther?
És al mirador, cantussejant i fent frivolité. Des d'a-
quí pots sentir-la.

ESTHER:
Quan et perdis endins
del desert de la tarda
i t'assedegui el blau
de la mar tan llunyana,
et sentiràs mirat
per la meva mirada.

Etern príncep, Jacob,
tindràs sempre companya
que peregrini amb tu
per segles i paraules.
Suportaràs la mort,
com a l'ocell la branca.

Ai, enemic camí
de les hores i l'aigua,

galop d'altius arquers
contraris a l'estàtua
de sal de qui volgué
esdevenir de marbre!
Si et tombes, els teus ulls
glaçaran esperances.

Poble trist, amb record
de ciutats molt cremades.
No t'acull cap repòs
d'ombra bona, de casa.
Només somnis, al fons
de la meva mirada.

MARDOQUEU: Ai, tu, Esther! Ai, ai, tu, Esther! Ai, ai, ai, tu, Esther!

ESTHER: Que es cala foc, cosí? Em sobresaltes.

MARDOQUEU: Reina, deixa la filoja. Ai, reina, que ens esclafaran per manament d'Aman!

ESTHER: Reporta't, Mardoqueu. No autoritzo expressions de raval ni cacofonies. D'altra banda, conec ja el pregó. Véns, a causa d'ell, tan mal compost?

MARDOQUEU: Mardoqueu: Sí, flemàtica filla. I a insinuar-te que pidolis commiseracions del teu marit per a nosaltres.

ESTHER: Indicat amb mònita. El suggeriment, però, m'ha de penetrar a poc a poc.

MARDOQUEU: Oh, no ens atropellem, reflexiona! Tu no fores mai una noia eixelebrada, tanmateix.

ESTHER: En tot hi ha sempre un sis o un as, catedràtic.

MARDOQUEU: El nostre as ets tu, un as pelat, ben sull. Trumfa els naips d'Aman, no gallinegis.

ESTHER: És que no dec atansar-me ara a Assuerus, sota pena de la vida.

MARDOQUEU: I què? ¿La d'Israel no compta més, per ventura? No pensis en la teva ànima, exposa't. Qui sap si per a aquesta hora algú et féu arribar al tron.

ESTHER: Ah, la factura, eclesiastès?

MARDOQUEU: No parlo a l'assemblea, sinó a tu.

ESTHER: Una simple suposició dialèctica: i si m'hi negava? Tothom, excepte Secundina, ignora aquí la meva procedència.

MARDOQUEU: Una altra simple suposició dialèctica: i si algú l'esbombolava? Sospesa pros i contres, galanxona.

ESTHER: Ho capisso. He de filar prim, per força, encara que l'egoisme natural no en tingui ganes. Val més que em faci un mèrit, amb la gestió, davant les tribus, que no pas que un o un altre propali el meu secret, eh, pare?

MARDOQUEU: Àngela!

ESTHER: Em mudo, doncs, i veuré el rei. I si moro, que mori!

MARDOQUEU: No moriràs, sinó que viuràs, i lloarem amb tu les obres de Jahvè.

VEUS DE JUEUS: Per aquesta porta del nostre Déu, per aquesta porta entraran els justos.

VEUS DE JUEVES: Vosaltres, els qui cavalqueu en eugues blanques, vosaltres, els viatgers, a xaloc i a garbí, divulgueu el valor d'Esther, la benaurada.

MARDOQUEU: Car es presentà a Assuerus amb perill, i li tocà la punta del ceptre d'or, i gosà formular-li una petició salvadora.

ESTHER: Oh, bon rei, espòs i home! Oh, bon home!

REI: Bé, senyora meva, us saludo.

ESTHER: Ui, ui, els papus, quin visatge!

REI: És el meu, no en gasto d'altre. Què buscaves?

ESTHER: La meva ànima, que és a les teves mans, ben sencera.

REI: La punta del ceptre te la retorna.

ESTHER: Estintola'm la mercè amb un gotet d'aiguanaf. Em desmaio.

UNS CORTESANS: La fatxa del monarca estamordí la flor. Ungit facinerós!

ALTRES CORTESANS: Amb nyepes de nyeu-nyeu desbarba el boc. Estrènua descaradura!

RABINS: Reputem deuterocanònica aquesta basca. I no l'entenem ni poc ni molt, perquè la passa en grec.

REI: Eh? Sí que papissoteges. Vejam el pols. Normalíssim.

ESTHER: Malgrat tot, defalleixo. Si no per afecte, socorre'm per cortesia.

REI: Ve't aquí els meus braços, tanmateix d'un vell. No t'hi repengis massa.

ESTHER: Són tal com jo els desitjo. Ah, recobre excels, em conserves la vida!

REI: I per què te n'havia de privar?

ESTHER: Se t'ha despintat ja la prescripció?

REI: Ximpleries! Em reviscola veure't, margarita, car em caboriejo entre fraram. Què vols que faci ara?

ESTHER: No pas l'amor, embrida't. Sols demano...

REI: Concedit d'avançada, tant si és una surra com la meitat del regne.

ESTHER: Ni una cosa ni l'altra. Només, que t'asseguis demà a la meva taula, amb Aman, el nou primer ministre.

REI: Ai, la meva salut fràgil, pobre estómac! Un àpat? No sé si el podré resistir.

ESTHER: Els reis compleixen el que prometen.

REI: Ho crec, ho crec, però l'excepció confirma la regla, et diuen. ¿He de prescindir de mi mateix, del meu gust i tarannà, del que em convindria?

ESTHER: Em surts expressament amb falòrnies?

REI: Dona, dona, ep! No t'emboliquis.

ESTHER: Ai, amb el mareig perdo l'oremus!

RABINS: Quin grec més incomprensible!

REI: Apreneu-lo, carat, que prou hi sou a temps.

ESTHER: Apreneu-lo, i tant! A mi em resulta útil de saber-lo.

RABINS: Sí, feliç del qui conquistà la saviesa i obtingué la intel·ligència.

ALTRES RABINS: Potser. Mes el molt estudi, aflicció de la carn.

RABINS: Objectem!

ALTRES RABINS: Protestem!

REI: Educació a la sinagoga i ordre en aquesta sala! Uixers, buideu-la.

UNS CORTESANS: Gràcies a Esther, avui ens hem entretingut.

ALTRES CORTESANS: Gràcies a Esther, ens retirem edulcorats.

ESTHER: Un moment, pareu-vos! Davant els badocs i els dignataris, decideix-te, rei.

REI: Uf, la positura! Els bíceps em formiguegen, tu, redreça't. I vosaltres bifurqueu-vos, ollaó!

ESTHER: No, mentre no te'm comprometis.

REI: Apuntala'm, Aman. No et reservis, enze, t'ho conjuro.

AMAN: A mi, amb franquesa, m'enarta la distinció de la graciosa reina.

REI: Ai, d'acord, campanut, d'acord, turmentosa! Què, els esperits ja et revénen? Hala, doncs, santa nit. I que ella i els genis immortals em fortifiquin, per als embats del fricandó de demà.

AMAN: Si la reina ens en dóna (i suposo que no, car no sabria imaginar-me'l un guisat típic de festes), tant de bo que ens l'acompanyi amb un saborós suquet de moixernons, com ho solien condimentar a Sinera, per a Salom, de petit, la senyora Maria Castelló i les dues germanes Draper, i li surti tal com elles ho aconseguien: la cosa més bona del món. ¿O ho cuines ara amb el teu record i aquella olor de menta i de tardes remotes d'estiu, quan la mar i els camps et semblaven nous de trinca i respiraven encara tots els qui estimaves? Quants pujaren pel camí dels xiprers, quantes veles enllà dels horitzons, quantes boques emmudides per a la llengua del teu poble! ¿Qui et collirà les taronges dels jardins d'Occident, qui et reconduirà pels senders de Sepharad, qui et cantarà la cançó de la teva vida? Salom, home perdut, solitari amb Déu: què li diràs del teu temps, de tantes hores? ¿Perdonarà potser l'urc dels teus pecats humils, gràcies a l'humil fricandó que de nen vas menjar, a la menta que pogueres flairar, al dolor de la ploma amb què m'obligues a parlar-te? A mi, un titella adversari d'Israel, adversari teu, no més efímer que tu, cal que et consti. Un titella que clama, contra el teu real fracàs, per les ombres de Susa, l'angoixa i la por dels seus èxits de comèdia. Ah, Zeres, muller meva, obre'm, corre! Tanca a fora la nit de la ciutat, la nit de Salom, la nit esglaiadora del titella.

ZERES: Serà la veu d'Aman, del meu car príncep?

AMAN: Et cal, per identificar-la, que refili? Doncs et trino:

> "Dio ti dia bona sera; son venuto,
> gentil madonna, a veder com stai;
> e di bon core a te mando il saluto,

de miglior voglia che facesse mai.
Tu sei colei che sempre m'hai tenuto
in questo mondo inamorato assai:
tu sei colei per cui io vo cantando,
giorno e notte me vado consumando."*

ZERES: Desafines l'estrambot i ments més que ningú. Per tant, no hi ha dubte, ets el meu marit, prou d'òpera. Salut, escura't bé de peus i entra.

AMAN: Petons a cada galta, i torna'ls. ¿Com emplenares el teu jorn d'avui, esbravada memòria de poncella?

ZERES: Passant bugada, repassant roba, endreçant calaixos, clenxinant fills, tustant-los, renyant cambreres, resseguint botigues i esperant-te a tu: el de sempre.

AMAN: I no has rebut visites?

ZERES: Sí, també: l'àvia Parysatis, la tia Atossa, el cunyat Smerdis, el mag Sembobitis... Els contertulians habituals.

AMAN: Us fou almenys amena la conversa?

ZERES: Tots navegàrem una mica més cap al remolí de la mort, cadascú dalt de la barca de la inalterable estupidesa pròpia.

AMAN: Em sones lapidària, rosa te.

ZERES: Tinc migranya.

AMAN: Per variar. Sento que la indisposició t'emmurrii, perquè jo, en canvi, venia molt content: demà dinaré, per primer cop, en la intimitat d'Esther i d'Assuerus. Ah, Zeres, amb descendència, partidaris i riqueses, fortalesa i poder, culminarà en aquest banquet la meva glòria!

ZERES: "Pourvou que cela doure", com deia sor Ephrem o no sé quina altra monja de la Presentació de Sinera. El destí i els homes et trairan. A la llarga, cauràs de corcoll.

AMAN: Oh, no! Tots els homes, llevat dels jueus, són els meus germans. Ho porta el catecisme.

* Per tal d'evitar falagueres, però errònies, atribucions de paternitat, que qui sap si inclinarien l'ànim a una perplexitat perillosa, advertim al distret lector que aquests versos no són ni han estat mai de Salom, sinó de l'amabilíssim patrici venecià Lionardo Giustiniani (1388-1446), segons la denúncia cursada pel Tianet, implacable i atroç "emperador romà" ja d'abans del diví August.

ZERES: ¿Per què el càndid tigre s'obstina a alimentar somnis bunyols de be, a fonamentar la seva conducta en el polsim de decàlegs de papallona? Jueus o no, tots els humans et són enemics, sense exceptuar-ne Esther i Assuerus. I malfia't sobretot d'ella: tragina un formidable nas de sis. Em diràs que sóc maniàtica, però trobo que s'assembla a aquell captaire que tant et mortifica.

AMAN: Absurd! A Mardoqueu? Aquest nom m'és com jalapa, l'únic tàvec que fibla les gropes del meu succés.

ZERES: I per què no l'hi encastes d'una manotada?

AMAN: Sí, ja l'esclafaré. Per Adar, amb els altres malfactors.

ZERES: No, tot seguit. Allibera't de la teva obsessió, filaberquí de digestions i sestes. Apaivaga el teu odi amb una bella samuga i una forca alta de cinquanta colzes.

AMAN: Hi toques. Retorno a palau, a tramitar l'autorització constitucional d'Assuerus. A trenc d'alba penjaran el vell. I cridaré després, ben fort, davant tothom, com ho faig ara, des d'aquesta finestra, a la pau de les estrelles: "Quina resplendor la del rostre del monarca, quin benaurat convit el de la reina Esther!"

REI: El convit de demà i la resplendor del rostre del rei —el meu, afigureu-vos!— il·lusionen i exalten Aman, provinent al capdavall de l'espardenya: judico, per la matusseria de mans i turmells, que els avis encara li fangaren. A mi, en canvi, com m'afeixuga l'obligació de banquetejar, esdevinguda a poc a poc feina gairebé única de la magistratura! Per compte que hi posi, menjaré i beuré força més del que em resultaria higiènic. Equanimitat i complaença arrosseguen prou, ho constato amb angúnia, a tolerar i cometre excessos. D'altra banda, als meus àpats, solemnes o no, sorgeixen sovint incidències complicades, costoses, d'un enuig enorme. En un d'ells se'm fongué Vasthi. ¿Amb quin estirabec m'atribolarà Esther en el transcurs del pròxim? Aquesta noia comença a inquietar-me. Més exacte, m'alarma de veres. Endevino la truita voraç al fons de l'aigua mansa, l'urpa imperiosa dintre el primitiu embolcall de sol·licitud. Audacíssima, serena, s'esvaní amb una manca mestrívola de verisme, exagerant amb impudor la nota, com si assagés, artista tranquil·la de la ironia i del desdeny, a emmotllar-se al gust i als gambals d'un públic de províncies. La basca d'Esther fou d'una convenció tan estilitzada com el meu propi gest ferotge. Amb el cos sencer semblava reptar-me: "Bah, el meu desmai i la teva truculència, frec a frec! Tu i jo, experts oficiants incrèduls d'un indispensable ritu, hem d'acomplir de comú acord la part de mester necessària per destriar com més aviat millor el gra de la palla. Et mostro al descobert els trucs d'un joc, el propòsit del qual consisteix tan sols a imposar-te el meu domini. Tu, però, els admetràs i en sofriràs sense reacció les conseqüències, perquè, en proclamar que t'envido amb catxa, et col·loco en el dilema d'haver-te de manifestar o benigne intel·ligent o d'una brutalitat modèlica, i només el desassossec de l'alternativa ja t'obliga a somriure, senyal magnífic per a mi. La blanesa constitueix l'índole més íntima del teu tarannà, almenys de cara a les dames, no provis a dissimular-m'ho. Vasthi ho sabia, i jo ho he après: ets simplement un fofo. Accepta d'un cop la teva vera imatge i et divertiràs potser una mica, tu, de naixença presoner del tedi, si entres, còmplice volenterós de la fal·làcia amanida per domesticar-te, al cercle subtil que traço al teu entorn. Em valc de la comèdia —que menyspreo, consti— com a símbol de la meva intenció, mostra parlaire, endemés, de la meva sòlida actitud conservadora. Acato els costums establerts, salvo en rigor les aparences. Fixa-t'hi, te'n dono exemple. Quins comentaris els de la cort i de Susa, si no m'hagués decantat a exhibir en el pas d'ara una plàstica adequada a l'espant canònic! En resum, des del punt de vista social em considero satisfactòria. ¿Què demaneu els homes, sobretot en casar-vos? Garanties de pau, calma, ordre, seguretat, equilibri. Em comprometo a concedir-les, no t'engalipo. Vasthi fugí, jo em quedo i romandré. Vasthi no féu mai res del que volies, tu acabaràs fent sempre el que jo vulgui: marco amb precisió les diferències. *115*

Tanmateix, et mantindré les bimbirimboies de la jerarquia i del poder, t'aviciaré mentre em siguis dòcil i m'esforçaré fins i tot a estimar-te, en relació directa amb graus i mèrits de la teva submissió. I això et bastarà, m'imagino, sense més porfídia, car em suposo dispensada de virar vers el sector apologètic de l'instint maternal i altres agraïdes bestieses complementàries." A aquestes altures del mut discurs, he capitulat, per la meva vergonya, i brodàrem aleshores la resta de l'escena amb una total absència de decòrum, de respecte intern per a l'ortodòxia dels nostres respectius papers. Un èxit. Els observadors sagaços fruïren del ritme cadarnós de l'espectacle, els esmussats ingenus s'empassaren com de costum el patetisme de pinyol. Però després, dissipada l'eufòria d'histrió, em contemplo nàufrag sota la fèrula d'Esther. De bell antuvi, he d'avenir-me a assistir a un tec, la primera ordre. La situació i el mateix acte em contrarien tant, que no em serà possible aquesta nit d'adormir-me. Em tombo i volto sense repòs enmig de la inútil sumptuositat dels coixins i les sedes. Quin recurs evitarà despacientar-me? Que em llegeixin, a veure si trenco el son. A mi, els gentilhomes! Desenrotlleu el llibre de les memòries de les coses dels temps. I tu, Atac, veuarra de cabiscol, entona'm amb monotonia les fetes darreres del meu regnat. Així, mentre el remei obra, refrescaré de passada els records vacil·lants.

ATAC: "I Bigtan i Teres, capitans anorcs de la guarda del rei, determinaren de matar Assuerus, el sobirà senyor. I Mardoqueu, un captaire que seia a la gatzoneta, de dies i de nits, al pòrtic i al cancell del palau, s'alçà i impedí l'anotat despropòsit de Bigtan i Teres."

REI: Malaguanyats, me'ls miro. Patien d'una molt honesta opacitat mental, que els permetia sempre d'ocupar qualsevol càrrec representatiu a la nostra comunitat civilitzada. Pertanyien al tipus dels satisfets que diuen, a repèl de tot advertiment, "desgust", "me'n vai", "asmari", "morigués", "cea" o "relotge", i se senten capaços de persistir en eternes dissensions familiars des del part del nebot primogènit, per si calgué anomenar-lo "Pere", com l'avi patern, a qui tocà de padrinejar i així ho desitjava, o "Carles-Albert", com imposà, potser amb l'afegit d'algun "Maria", la bel·licosa distinció de la cunyada. No entenc com els xicots cometeren la imprudència d'obligar l'honorable botxí a escurçar-los una mica de talla, amb els fenòmens inherents a aquest gènere de manipulacions. Hauria resultat preferible d'endreçar d'un cop, per exemple, l'horror del noli me tàngere de Mardoqueu, perillosíssim per a la salut del país. Em dura encara una mena de menjançó, d'ençà d'haver entrellucat el vell, i em deprimeix que un tal cessant d'aldufer salvés la vida d'un príncep de la meva prosàpia. Quin premi li concedírem?

ATAC: Cap, si no m'etivoco.

REI: Em sosprens. I per què vaig negligir-ho?

ATAC: És que allò coincidí amb la mel del teu segon matrimoni.

REI: Altra vegada Esther, poncem disfressant sèver, la ronda de la guilla... I a destemps, enfastidit, sense ganes, hauré de simular una barroca gratitud pel jueu, si em vull estalviar penjaments pòstums... Un jueu, hum! Un jueu? Potser el fill del meu pare avui podria riure... Lector, cerca'm Aman.

AMAN: Volo, volo, ve-te'm aquí, a sotmetre't un urgent assumpte de justícia.

REI: Escolta'm abans. Un súbdit, en circumstàncies, em fou abnegat i fidel. Al meu lloc, com el distingiries?

AMAN: Oh, planeta meva, zenit! ¿A qui, sinó a mi, al·ludeix Assuerus en aquests termes?... Vestiria el baró amb les teves sagrades robes, li cenyiria el front amb la diadema de Pèrsia, el muntaria en el millor dels teus poltres i el passejaria per Susa, servit de palafrener pel cortesà més noble.

REI: Sigui així amb Mardoqueu, aquell de la conjuració de Bigtan i Teres. I tu, Excel·lència, el meu primer ministre, li menaràs el cavall caminant al seu estrep.

ALTÍSSIM: Compta fins a cent pels teus, no els perdis. Quina engalzada de catxap, Aman!

AMAN: La meva fe esdevé plom fos, una bena de sang m'encega. Ca lladrador, ca lladrador, des de quin cau *117* m'encalces? Em rebaixo a nivells d'escombraries, a l'escarni d'un dèspota.

MARDOQUEU: En la misericòrdia del meu Déu vaig posar la meva esperança. Lloaré la mà benèfica que de sobte m'enalteix.

AMAN: D'improvís, per les fires de Susa, un simi jueu mesura amb xurriaques la meva espinada. ¿Per què em sobrevé aquest destret?

MARDOQUEU: Oh, no ho examinis, no analitzis! Tanmateix, et noticio que, a més de practicant, sóc un xambó.

SECUNDINA: I tal, i tal! Hi papes.

AMAN: Malgrat tot, ni a tu ni el teu poble no us han d'indultar. Car jo guardo encara la veu del rei.

MARDOQUEU: A vegades, un home s'ensenyoreix dels altres per al seu detriment.

ALTÍSSIM: Hi ha tants carrers a Susa, per a suplici del visir, com jaculatòries als llavis de Mardoqueu. La briva s'agita al reclam de la xaranga, els vailets eixorden al seguici, s'endomassen balcons. Fins Sinera s'emplena de l'eco del xivarri.

UNA DONA: Ja el de la batuda d'Adar? Buidaré, doncs, amb profit els cistells de la mercaderia. Maces i matraques, irrompibles i de baratilli! Comprin-ne, comprin-ne, per al nen i la nena.

UNA ALTRA: Glorificat toqueu matines, si som a Corpus! Aparella el confetti, les auques, serpentines i ginesta.

UNA NOIA: Mare, mare, la mulassa!

VEÏNES: Deseu els boixets, puntaires. S'atansen unes trampes que fan els gegants.

ÀLEF: ¿Que giravolten dansadors com els de la ciutat de les Santes?

BET: Les Santes del juliol, gala de la maresma.

GUÍMEL: Una petita pàtria entre les vinyes i el mar. I el plàcid cant dels grills als rials solitaris.

DÀLET: I la fusa callada de les barques. I el clapoteig de les granotes als bassiols recòndits.

HE: I la lenta boira per les cases blanques. I els vells pins.

UAU: I andarejar pels solcs, pel cementiri. I un cel clement.

ZAIN: Damunt la comparsa de la Mort i en Banyeta, da-

munt la dringadera del carret d'en Quel·la, damunt
els andamis de l'ós Nicolau.

HET: Damunt la cabra funàmbula de les gitanes, damunt
els saltimbanquis entenebrats de la saca.

TET: Damunt aquest bòria avall, on el reu cabestreja.

IOD: Damunt la cadència i els ahucs.

QUEL·LA: Hi ha cap pell de conill?

LA VEU D'ALGÚ:
Tia Maria, que passes farina,
catric-catrac, allibera'm del sac!

QUEL·LA: Hi ha cap pell de conill?

LA VEU D'ALGÚ:
Tia Maria, la meva padrina,
catric-catrac, allibera'm del sac!

BANYETA: Manyaguet, manyaguet, no t'alçuris, que tot
just t'estrenes a la bossa del guirigall i no t'has d'exi-
mir, troni o llampi, de xerricar a la faràndula. L'es-
primatxat compare i jo, còmics de la llegua, en con-
tracte de companyia amb l'escorxador i el paperassa,
rastregem les petjades d'Aman, el qual cabriolarà
avui a la cort, al nostre ballet, a l'hora de les postres,
quan hom l'arreplegui per al sarró curullíssim, on el
magre soci em trasmuda en llepolies engrunes i so-
brances de les estovalles del món. Aquesta manduca
ens representa paga del treball, per la resta gratis.
Ah, llaminadures, quantes! Tu, tu i tu, dòcils a en-
fardar-vos? Tu, tu i tu, prou us xarparem! I res de
camanduleries, aquí dintre. No t'estiris ni t'arronsis,
que la xarpellera no t'enceti. Si el viatge t'incomoda,
resistència! D'altra banda, enregistrat per a can Pis-
traus, no exigiràs amb si bemoll que se't transporti a
la xirinxina.

ZERES: Aquell a qui les hienes signen com a llur vianda,
on s'entaforarà? La teva cresta, Aman, no toma més
ludibri, i ni lleixius ni lustràcions no et purificarien.
Et pintaves suara la cigonya, i un bufec de la sort et
xucla els queixos. Un mesell jueu, encamellat per
befa a l'excelsa sella, entrebancava la teva arrogància
i te l'esterreja de bocadents.

AMAN: Per fangals de deshonor, on m'abismo. En un
tomb, la roda al·lucinant em desbaratà empreses i
projectes, abans que el seny conjecturés inicis d'es- *119*

fondrada. Declinava cap a l'abjecció, a la infàmia, mentre sentia que m'encimbellava fins al firmament. "Tots som fal·libles", cantilena, i assimilem a estudi, minuciosos, els tropells amb què ens contarà la incoherència d'un idiota, però sempre ens ha d'estranyar quan les riallades lúgubres giren full al nostre capítol sense més pàgines. Pel que respecta a mi, caduc polític, que els factors em fitxin com a irrisió de Susa i em traslladin amb aquest marxamo al vehicle de l'arriet.

ALTÍSSIM: Avant! Ja no ets homo si no reacciones. Fixa't que encara et mantens al front de la cancelleria. ¿No ho pinxejaves així amb Mardoqueu?

AMAN: Al principi de la bornada. Després, l'inri de la xàquima m'endogalà per complet.

ALTÍSSIM: Doncs accelera't, apresta l'equipatge, toca, toca pirandó! Val més quisso viu que lleó mort, considera.

AMAN: Els clapits de la canilla em paralitzen. ¿I on m'encabiria, si no és de guimbarro a les alforges del dimoni? Encalafornat allí, els vaivens del carruatge m'escrostonaran potser a poc a poc, sense martiris.

ZERES: Si t'absenten, com s'empitjorarà la meva rutina! O m'arrabassaran també família i casa? Sí, en totes les dissorts aürtaré, anant a la deriva.

MARDOQUEU: I t'enfonsaràs amb marit i bandolers, en xocar amb l'escull d'Israel. Pel to de la complanta, Aman, de complexió limfàtica, no batallarà, la personeta. I jo, al portal del rei, amb Secundina, esperaré amatent el cove i el peix.

SECUNDINA: Certus que el número d'aquest visir no es cantarà mai més als biribissos. I gràcies que una no jugava a la seva rifa: als temps que corren, si la marres, tururut ginjola.

ALTÍSSIM: Al nostre segle erudit i romàntic, sense més norma que els mals sentiments, et defineixen com a figures de delicte, en un parpelleig, llengües, idees, pistrincs, inòpies, gestos, raneres, penellons i races. I si de tu s'encaterinen i t'encasellen, hom et despatxa, enmig de dicteris, a qualsevol patíbul, endiumenjant-te prèviament de pallasso, amb la boca esqueixada d'orella a orella, de pur panxó de joiós maquillatge.

SECUNDINA: Com el d'Aman al dinar de la reina. Eunucs i porrers l'hi conduïren, amb la colla d'en Banyeta estalonant-lo i aparat de policia i precaucions militars. Per a ell menys xeflis que calvari, al pobre ministre se li nua el bocí.

REI: A fe, doncs, que em pensava que s'hi aferrussaria. Quan jo era jove, amb passejades fomentàvem l'apetit.

ESTHER: Calarà potser als dolços.

REI: Ho poso en quarantena. No, guaita'l convuls, pròxim a l'espeternec, leri-leri.

ESTHER: T'excedires, al matí, de borrasquer. I l'aterreixen, a més, els mascarots del fons de la sala.

REI: Qui són?

ESTHER: El diable i la seva quadrilla: el botxí, Quel·la l'escassigallaire i el dallador.

REI: Per qui vénen?

ESTHER: Per ell, l'hoste, aviat llur guisofi.

REI: Ah, encara bo! Ànima per ànima, "anima mea". Mentre no m'empaitin, benvinguts com a antigues i agradoses coneixences. I qui els introduïa al gaudeamus?

ESTHER: La meva voluntat que Aman sucumbeixi.

REI: Per quin motiu?

ESTHER: Perquè sóc jueva.

ZERES: Ai, la tarota remarcada, pipioli!

REI: Els pronòstics mai no em fallen: ja calamarseja a la pitança. Tanmateix, noia, que temerària!

ESTHER: Qui no s'arrisca no pisca. Des d'aquest instant, avorten, de soca i arrel, insídies i quimeres. Perquè he pinxat les teves cartes, prou ho saps.

REI: El paquet sencer?

ESTHER: Pinta per pinta. Plega, per tant, Assuerus, i redueix-te, taciturn, a mà callada.

SECUNDINA: Entre l'insult i el bitxo del xató, el rei es congestiona i va a orejar-se.

ESTHER: Molt higiènic. No l'acompanyo, per l'etiqueta d'atendre el comensal.

SECUNDINA: Fina criança!

ALTÍSSIM: Corresposta amb pífies. El rei a l'hort, Aman les adotzena, en crisi de pànic, a les plantes d'Esther.

AMAN: Si em vaig infatuar, reina, enderroco als teus peus l'edifici de la meva fanfàrria.

ESTHER: No criaturegis, visir, que guanyares, en fanatitzar-te, oposicions a calcomania.

AMAN: No t'ablaniràs, bella i diamantina hebrea?

ESTHER: No. Calbeges massa, ullat des del canapè.

SECUNDINA: I arribes, amb el retorn del rei, als anissos.

REI: Per tendir a pilleries de triclini. ¿Enderivells de ribald, en un espai domèstic tan estricte? Carpetada! Que l'estossinin, socarrin o esquarterin, mentre s'estronqui, d'un cop i per sempre, la seva carrera de patum.

HARBONA: ¿I si l'escanyaves al giny que enflocava per a Mardoqueu? Al cap i a la fi, si la soga tiba, la identitat ponderal deixa indiferents els contempladors.

REI: No articulegis més, perfecte. A la forca, el botifler, bitllo-bitllo!

BANYETA: Ja ets al nostre elenc, Aman, no t'emmorronis. Et presento els camarades, amb l'enhorabona de l'empresari.

LA MORT: Encaixem.

QUEL·LA: Bé, i ell, xitxarel·lo?

BIGTAN I TERES: Hola!

COR D'ESPECTRES: Hola!

BOTXÍ: Pif-paf, pif-paf! Et masego, maco i casco, fins a anestesiar-te a patacades, només que perquè m'ho encarranquinen.

BANYETA: Ara, espalmat pel patapum, d'una consistència de gelea, et metamorfosaràs a pleret en peixopalo, a través d'un extens repertori. I et domiciliaré, pel tobogan de les gusarapes, al confort del carreró intestí sense sortida. Abans, però, confraternitza, per solaçar els potentats de Pèrsia, a la saragata dels meus rigodons. Al compàs, xicot, que esmolo. Un, dos, tres: presto!

AMAN:
Atzucac, catric-catrac,
rerialles! En escac,
m'engarjolen dins el sac,
als abissos del parrac,
malsonyós, enmig de brac,
perquè s'arrigoli el drac.

LA VEU D'ALGÚ:
>Esdernec, des de gojat
>m'esbarrava, lluny d'esbat,
>a timberes de maldat.
>Aviat esmaixellat,
>giravolto, sense aflat
>pel requint del xafarnat.

CAF:
>Ganyó gueto, guenyo, quec,
>magriscolis, barbamec,
>dels meus nítols el llefec
>del benguí n'és ben sedec.
>Com m'embroca l'abonyec
>del batzac del catacrec!

LA VEU D'ALGÚ:
>Pel baptisme, cristià.
>Pels sentits, pilloc pagà.
>Per la pega, català.
>La carota, d'albardà.
>I aquest morro, de senglar
>barrigant rera la gla.

LÀMED:
>El renoc raucava al rec
>florilegis de renec,
>francesilles per al llec,
>mentre corbs de cuitós bec
>amb esquírria em deixen cec,
>tot xautant-se del meu prec.

MEM:
>La mulé, xupa, cuïc,
>per ninou, malgrat l'abric,
>m'endinyava, sense explic,
>un pessic dins el melic.
>Ai, joell, brèvol xemic,
>prou xauxino al ritme inic!

NUN:
>A l'ombreta d'un aloc
>m'adormia com un soc
>—per capçal només un roc—,
>quan m'escarrabillo al toc
>repelenc i, pell al noc,
>m'esfetgego, tan renyoc!

SÀMEC:

Un parell de mots amb "sóc"
rimaré, i àdhuc amb "jóc".
Més de "boc" i "moc", no puc:
vejam tu, versista ruc.

AIN:

Pel meu lluc, massa feixuc:
ni ho trauria per retruc.
Repussall, xaruc, matxuc,
en belar perdo el remuc.

BANYETA:

Amb tentines d'embriac
de mistela i de conyac,
la cataifa del rebrec
dirigeixo. Cap rebec,
tanmateix, al meu repic,
no replica mai, ni un xic.
I si ho fa, fort o pioc,
d'un carxot et torno a lloc
(també tusto algun maluc
amb varetes de saüc).
Sentiràs d'arreu el xac.
Atzucac, catric-catrac!

ESTHER: El marit i jo agraïm l'esbarjo de sobretaula i,
encara més, la brusca batuta que domava la fúria del
clarí i la nacra, vívida fins avui a la fantasia de Sa-
lom des de l'atzar d'un empolsat prefaci. Agilíssims
en la tramoia, tant com en la contradansa, els come-
diants singulars desapareixen amb el canceller, can-
caneta per al meu il·lustre i ja immutable cromo: Es-
ther, la lluor d'Israel. I no mussitis, Assuerus, contra
la meva prosopopeia de matrona i, per enllestir l'en-
dreça que, endillunsada o no, propugno, revoca les
lletres d'Aman, escrites per exterminar els jueus es-
campats a les cent vint-i-set províncies. I segella l'e-
dicte —perquè la dolenteria dels sàtrapes no s'excusi,
per apòcrif, d'acatar-lo— amb l'anell reial, que lliura-
ràs a la custòdia del meu cosí Mardoqueu.

REI: Oh, oh, aclarim situacions, Esther! ¿No afirmares,
en contraure matrimoni, que no tenies família?

ESTHER: Una mínima inexactitud oportunista. Mardo-
queu, que va servir-me de tutor, és, però, el meu

únic parent: no n'ha de sortir cap altre de trascantó.

REI: ¿He d'avesar-me a alternar amb aquest succedani de sogre?

ESTHER: Sí, i ni una síl·laba més, o al·ludeixo a una jerarquia vexatòria. D'altra banda, en una política de "tothom d'acord i al seu xabec", repartirem així les diverses tasques: tu jeus, ell representa, jo mano. I afegiré que Mardoqueu potineja tecnicismes de finances, un munt de bagatel·les d'arbitrista. Per tant, prova'l, supera prejudicis, dóna-li l'anell. Ahà, bon minyó, al·leluia!

MARDOQUEU: Al·leluia! Alegra't, Jacob, i beneeix Jahvè al seu temple, a la ciutat del seu gaudi.

ALTÍSSIM: Rialles hebraiques a Jerusalem, llàgrimes gentils a Susa. Tanmateix, en ascendir el besunya pròdig, Secundina estrena davantal i espolsadors.

SECUNDINA: Me'n vaig amb ells a fer dissabte: talli qui talli el bacallà, una es queda sempre de portera.

ALTÍSSIM: Amb aquesta observació com a fermall, l'ínclit gallimarsot finalitza la sèrie del seus parlaments, quan per Susa es difon l'exultació dels hosannes.

MARDOQUEU: Atengueres, Déu nostre, el plany dels miserables, el plany dels desvalguts i els humils.

ELIASIB: I ara els preservats en aquest dia venim al teu davant amb les nostres culpes, sense les quals no som i amb les quals ens impossibilites de subsistir. I jo, Eliasib, el sacerdot, esmentaré els preceptes en la congregació dels germans i m'alçaré avui a proferir anatemes contra els prevaricadors.

MARDOQUEU: I digui tot el poble: "Amén."

ELIASIB: Escolta, doncs, Israel: Jahvè és el teu Déu, l'únic Déu dels cels i de la terra, l'ésser sense fi ni origen que ningú no pot odiar.

MARDOQUEU: I digui tot el poble: "Amén."

ELIASIB: Com la gerra conté la gerrada, Déu conté el nombre i l'harmonia, l'ordre, el somni, el temps i el perdó.

MARDOQUEU: I digui tot el poble: "Amén."

ELIASIB: Està escrit: "No faràs imatge de la Divinitat."

MARDOQUEU: I digui tot el poble: "Amén."

ELIASIB: Anatema contra l'idòlatra, contra el qui adora simulacres i teraphim.

MARDOQUEU: I digui tot el poble: "Amén."

ELIASIB: Anatema contra el qui postula meravelles i demana mostres de la presència omnipotent de Déu.

MARDOQUEU: I digui tot el poble: "Amén."

ELIASIB: Anatema contra el qui mercadeja amb les coses santes i converteix la religió en puntal de l'opulència o en via practicable tan sols pels cretins.

MARDOQUEU: I digui tot el poble: "Amén."

ELIASIB: Està escrit: "Déu s'estima a si mateix amb un infinit amor intel·lectual."

MARDOQUEU: I digui tot el poble: "Amén".

ELIASIB: Anatema contra el qui revolta instints i sentiments contra l'imperi de la raó, l'alta lluminària de l'amor de Déu en la tenebra de l'home. Res al marge de la raó, res en pugna amb la raó, res per damunt de la raó, excepte Déu!

MARDOQUEU: I digui tot el poble: "Amén."

ELIASIB: Està escrit: "Observaràs el repòs del setè jorn i les meves diades."

MARDOQUEU: I digui tot el poble: "Amén."

ELIASIB: Està escrit: "Honoraràs el teu pare i la teva mare, no robaràs, no cometràs adulteri, no mentiràs."

MARDOQUEU: I digui tot el poble: "Amén."

ELIASIB: Anatema contra l'assassí i l'incendiari, contra el blasfem, l'avar, l'envejós i el perjur.

MARDOQUEU: I digui tot el poble: "Amén."

ELIASIB: Anatema damunt el qui suscita la rancúnia del primitiu contra la supremacia de l'esperit.

MARDOQUEU: I digui tot el poble: "Amén."

ELIASIB: Anatema contra el qui posa cadenats de paüra o vesc de recels a l'expressió de les ànimes.

MARDOQUEU: I digui tot el poble: "Amén."

ELIASIB: Està escrit: "Reverenciaràs l'infant i la dona. Enduraràs privacions pel vell i pel malalt."

MARDOQUEU: I digui tot el poble: "Amén."

ELIASIB: Anatema contra el tip que no socorre la fam d'altres genives.

MARDOQUEU: I digui tot el poble: "Amén."

ELIASIB: Anatema contra l'escriba que ven la ploma a rossins victoriosos i s'envileix a exalçar, per or o per temença, el sabre i el triomf.

MARDOQUEU: I digui tot el poble: "Amén."

ELIASIB: Anatema contra el savi insensible al sofriment del dèbil, que es tanca a la torre de vori d'una serenor cruel.

MARDOQUEU: I digui tot el poble: "Amén."

ELIASIB: Anatema contra el covard que calla quan el mal governa i anteposa a la consciència l'escalfor del seu ventre.

MARDOQUEU: I digui tot el poble: "Amén."

ELIASIB: Anatema contra el qui escandalitza els innocents i els simples.

MARDOQUEU: I digui tot el poble: "Amén."

ELIASIB: Anatema contra l'incrèdul en la remissió dels pecats i en la vida perdurable de l'esperit.

MARDOQUEU: I digui tot el poble: "Amén, amén."

ALTÍSSIM: Mentre els jueus salmodien el sublim formulari, executen des de les poltrones ministerials llur revenja. A Susa degollen en quaranta-vuit hores cinc-cents barons. Tianet us brindarà una llista dels conspicus.

TIANET: Forsandata, Dalfon, Asfata.

MARDOQUEU: ¿No acabdillaven els qui ordien la nostra ruïna?

TIANET: I Forata, Ahalia, Aridata.

MARDOQUEU: ¿No ens avorrien aquests amb el major dels odis?

TIANET: I Farmasta, Arisai, Aridai i Vaizata.

ALTÍSSIM: Els sicaris suprimeixen també deu fills d'Aman, i Esther, femella baciva, ordena que pengin al pal els cadàvers, així ho llegiràs al text protocanònic. ¿Interpolació, costum llevantí, escarment macabre? Ai, com m'aboco damunt el buit! ¿En l'horror de la vall, em revestiré de justícia i m'asseuré a escorcollar el plet del proïsme? La vigoria de la ballesta correspon només a una mà gloriosa, un suprem sotjador escruta precipicis i actes. Per la mortal angoixa, obriu, titelles, els llavis i eleveu un himne al jutge i fletxer.

REI:

El teu arc, sagitari,
enlaira la vilesa

del llot a vol harmònic
vers la pau pressentida.

ESTHER:

Israel edifica
al cim dels mil·lenaris
miratges d'esperança,
quan el plor regna fora.

MARDOQUEU:

De lluny governes,
braç secret, la perfecta
corba del temps, immòbil
poder indefugible.

ESTHER:

Alçàrem una casa
d'aconseguida calma.
A l'entorn, captiveri
d'hostils ones amargues.

MARDOQUEU:

En la nit acompleixes
aquell etern designi
que agermana la cursa
de l'home i de l'estrella.

REI:

Negre llac. No penetren
vents del desert ni l'alba
el mur subtil, la vida
del cristall sense imatges.

COR:

Tu que veus la sofrença
del nostre esforç inútil,
jutge i arquer, retorna'ns
a l'alta llum que ens guia.

ALTÍSSIM: Vilatans, patricis de Sinera: som a les acaballes
de la faula. El sol s'ajoca enllà dels turons del Mont-
Alt, una ora suavíssima es desvetlla al Mal Temps i
ens portarà sentors de fonoll i de menta, l'aigua cau a
primes gotes per la molsa del safareig del tritó, ulls
del vespre comencen a esguardar-nos. La Neua es
prepara a passar safata, com us he promès, sols als
volenterosos d'amollar-li uns cèntims. Als dits de l'E-
leuteri, els putxinel·lis acoten el cap, a manera de salu-
tació cortesa, i abandonen l'escena per jeure, al

fons de la capsa, en una barreja immòbil. Després del que heu sentit, els jueus occiren —ho afegeix la crònica— setanta-cinc mil adversaris de llur poble i commemoraren amb dos dies solemnes, que Israel celebra periòdicament des d'aleshores, la intercessió d'Esther i el terme dels dejunis i del clamor. I el rei imposà tributs a l'imperi i a les illes allunyades en la boira de l'horitzó, i Mardoqueu governà en nom seu, sota el dictat d'Esther, imagina't com, procurant, sembla, això sí, una mica de bonança per a la nissaga de Jacob. I un altre príncep succeí més tard Assuerus en el tron de Susa i tornà potser a perseguir les tràgiques tribus del Trànsit. I continuà la cadena monòtona de lluites, assassinats, infàmies i disbauxes, car a Pèrsia i arreu del món una cruel estultícia esclavitza des de sempre l'home i fa de la seva història un mal somni de dolor tenebrós i àrid. ¿I de què et servia furgar, Salom, contra aquesta imprescriptible llei, en el misteri de les paraules, anhel d'insensatesa, cavalleria desbocada que t'arrossega a la destrucció? Maleït tu, orgullós foll perdedor de tot, excepte d'una estèril tristesa lúcida, que amb rictus de desdeny i amb precària burla trepitges el teu cor en la solitud. Ai, vosaltres, els morts espectadors, compadiu, però, el gos assedegat que es llepa fugint els trencs de pedrots i vergassades, apiadeu-vos del qui s'endinsa sense retorn pels presidis de l'enyorança i dels anys! I no te'n riguis, Tianet, i escolta la veu feble que s'adreça, amb preferència, a tu i als teus companys de joc, des de l'ambó momentani. Atorgueu-vos sense defallences, ara i en créixer, de grans i de vells, una almoina recíproca de perdó i tolerància. Eviteu el màxim crim, el pecat de la guerra entre germans. Penseu que el mirall de la veritat s'esmicolà a l'origen en fragments petitíssims, i cada un dels trossos recull tanmateix una engruna d'autèntica llum. I si algú dels qui m'entenen creu encara que és una obra digna i noble evocar amb esperit religiós les ombres predecessores —car ningú no sap si l'alè de vida dels fills de l'home munta enlaire i si l'hàlit de la bèstia davalla devers la terra—, que pregui avui pels difunts de Sinera. Pregueu pels ximples de la vila, dinastes incomparables sota el prestigi d'en Trictrac, els mendicants que captaren de porta en porta, per places i carrers, una minsa i reganyosa caritat, durant generacions senceres. I per les opulentes famílies, ja extingides, dels Tries i els Pasqual, dels Pastor i els Vallalta. I per la senyora Maria Castelló, que segué llegint en una cadira ranca. I per la dama dels Antommarchi, l'estugosa Angèlica, de professió malalta, condemnada fins al seu traspàs, des de la infància a una senectut extrema, a endrapar cada dia, amb cert desmenjament aristocràtic, un parell de pollastres capons, únic requisit d'escaiença a les seves delicadeses. I per l'Esperanceta Trinquis, colgada per la neu en un clot, prop de la via del tren. I per l'Escombreta, proferidora dels espinguets més aguts que mai s'hagin llançat de llarg a llarg de la costa. No oblideu tampoc els Torres, que anaren i vingueren a través dels cinc oceans, i els altres pilots i mercaders que els emularen. I els pescadors confrares de sant Elm i els calafats i mestres d'aixa de les antigues mestrances. I els comparets i macips de sant Roc, que veremaren les nostres vinyes i desfilaren a les processons, quan el raïm verola. Pregueu també per Tomeu Rosselló, a qui Salom incorpora a la llegenda sinerenca. I pel notari i el bisbe, el nebot i l'oncle, abans amos d'aquest jardí, que posseïren un talent claríssim i una enorme personalitat autoritària i bondadosa. I pel metge Miquel, i el ric Xifré, i el filòsof Moles, i la resta innumerable. I per l'Eleuteri, i per mi, i pels amics dels jueus, i pels jueus i els seus enemics.

FI DE LA IMPROVISACIÓ

NOTES

Pàg. 98, ratlla 40: *Hadassa:* Més pròpiament hauria de ser "Hadassà". Però ho deixem sense accent, perquè ja ens hi hem acostumat.

Pàg. 102, ratlla 1: *Elifaz el Temaní:* Més correctament hauria de dir "el Temanita". Ho fem constar per si algú ho vol llegir així.

Joan Brossa

TEATRE DE CARRER

Pas de comèdia
en quatre actes

Personatges

CELESTÍ
ESCULAPI
MARFÚRIUS
MARQUÈS
DONA
GAFARONA
PORTERA
CAMBRERA
CRIAT
VAGABUND
PERSONATGE I
PERSONATGE II
PERSONATGE III
VENEDOR DE DIARIS (i PESCADOR)
CARNESTOLTES

Municipals, carnestoltes i poble

Aquesta obra va ser escrita el 1945 i revisada el 1962.

La representació en una plaça. El públic estarà situat al mig de la plaça davant la casa on passa l'acció. Ha de tenir, si més no, quatre pisos, balcons de ferro prominents i terrat, així com també algun arbre a la vora. Els actors es mouran entre el públic i la casa i entraran i sortiran per les dues cantonades més pròximes.

La representació a ple dia i prescindint de tot artifici de tramoia.

132

ACTE PRIMER

Arriba el VAGABUND *per la cantonada de l'esquerra. S'atura al mig del carrer i, sense deixar el sac, admira la plaça i les cases de dalt a baix i viceversa.*

VAGABUND *(toca les parets)*: Fora de l'escenari tot ho comprenc millor. No sé d'abans que hagi vingut per aquí cap comediant. He estat ben amatent. El primer afany dels homes va ser de refugiar-se a l'abric de les cavernes i de les esquerdes que els oferien les roques i les muntanyes. *(Torna a resseguir les cases. Se senten enraonaments de veus femenines. Apressa el pas i se'n va per la cantonada de la dreta.)*

DONA *(ve per la dreta aguantant-se la cua del vestit)*: Això és un castell de sorra enorme construït al revés. Quina manera més estranya de buscar tresors és aquesta! Agafar pedres, tirar-les contra la serp, matar-la i deixar els vidres escampats per la carretera. Vaja, vaja! *(Per la dreta ve Celestí. Duu una gran barba negra. La Dona calla en sec.)*

CELESTÍ *(va cap a ella. Recelós)*: Tu? ¿Tu pel desert amb barret? Remors profundes. Una fruita que es fon en mastegar. Gemegar... Mugir...

DONA *(amb dolcesa)*: Estava més adormida que desperta quan em va caure als peus una rosa que...

CELESTÍ: ...que es va canviar en un cavall, potser?

DONA: ...que tenia la bengala de les flors més grans. Sí.

CELESTÍ *(a poc a poc i traient-se la barbassa)*: No podem

folrar botons d'una mateixa tela i anar dient que són papallones. Les plomes a l'estiu adopten formes de palla. La innocència mor, llarg com esdevé el curs. *(Posa la barba a la dona.)* El temps passa. És com un fil amb un ham penjant: hem de procurar que es canviï aviat en peix. *(Se'n torna.)*

DONA *(caminant ençà i enllà)*: Ja ho sabeu! Ja ho sabeu! Llanceu-ho a quatre vents! Llanceu-ho a quatre vents! *(Es toca la barba.)* Vel de musulmana. És convencional i molesta. *(Movent els braços.)* He rebut una ferida. Sembradora de peixos als corrents d'aigua i als estanys. *(Es para i s'agafa la cua del vestit. Anant-se'n cap a la porta de l'escala.)* És ell. Ni que fos fruita d'un arbre que tingués galls a la copa. Jo no sóc per florir amagada. Ah, llàgrimes a punt de desbordar-se! *(Se'n va per la porta de l'escala. Pausa. Cau del terrat un barret de copa. La Cambrera i Marfúrius estan atansats de colzes a la barana. Ella, escabellada, li té posada la mà dreta damunt l'espatlla dreta. Ell s'agafa el cap. Ella fa una riallassa. Marfúrius se'n desempallega. Mira en direcció on ha caigut el barret i desapareix. Després la Cambrera. S'obre el balcó del principal i surt la Dona. Va sense la barba i tragina una escala de mà. S'assegura que el carrer està desert i treu l'escala a fora. L'apuntala i comença a baixar amb sigil. Marfúrius apareix per la porta de la casa amb intenció de recollir el barret de copa, però heu esment de la Dona; s'amaga i l'espia. La Dona se'n va de puntetes per l'esquerra i desapareix per la cantonada. Marfúrius es tira els pantalons amunt i la segueix. Pausa. Un automòbil arriba per la dreta. Es para davant la porta de la casa i en baixen tres personatges impassibles amb levita, copalta i monocle. Els dos primers porten una cinta mètrica desplegada. El tercer s'acosta al públic, es treu de la butxaca unes quartilles, s'assegura el monocle i es disposa a parlar. El primer i el segon mesuren la fatxada. Quan el tercer comença el seu parlament, el primer se'n va per la porta de l'escala amb la cinta arrossegant. El segon treu del cotxe una guitarra i s'entreté afinant-la. Poc després el primer apareix pel terrat i tira la punta de la cinta al segon, que a l'acte*

deixa la guitarra recolzada a la paret. Mesuren l'edi-
fici per l'alçària. A l'últim el primer deixa anar la
cinta i se'n va. El segon la recull i la porta al cotxe
juntament amb la guitarra.)

PERSONATGE III *(al públic, en to pedantesc de conferen-*
ciant): Senyores i senyors: És ben meravellosa la con-
cordança entre els fets psíquics i els corporals. Les
emocions, les imatges i tots els processos de l'ànima
tenen ressonància en els processos fisiològics, i al
revés. ¿Com aconseguim aquesta harmonia? Puc ex-
posar-vos dues teories. La de l'influx mutu i la de la
unió substancial. Plató concep el cos i l'ànima com a
dues substàncies ben diferents, però que actuen l'una
damunt l'altra, i això fins a arribar a considerar l'ho-
me com una ànima que se serveix d'un cos. En la
unió substancial concebuda per Aristòtil cos i ànima,
de diferent naturalesa, s'uneixen per formar un nou
ésser —*l'home*— que no és ben bé ni l'una cosa ni
l'altra. El cos, amb el seu contacte amb el món, ser-
veix per a copsar-lo, ordenar-lo i dirigir-lo. Aristòtil,
doncs, concep el cos com un sistema de forces varia-
des, però incapaces per elles mateixes de convertir-se
en organisme. L'ànima és la font necessària per a
impulsar aquestes forces i convertir en vital el meca-
nisme dels músculs, nervis, ossos, etc., per altra part
ben incapaços d'actuar per ells mateixos en el món.
O sigui que els dos éssers en unir-se es compenetren,
i d'això en resulta l'home capaç de realitzar les vir-
tuts de l'ànima i de trobar en el cos el mitjà d'incor-
porar-se al món. Com he dit, per l'ànima el cos es
converteix en organisme viu. L'ànima n'és la perfec-
ció i l'acabat. És superior a la matèria pel fet de diri-
gir-la i ordenar-la. L'ànima, en resum, converteix en
realitat viva una estructura material tan perfecta com
vulgueu, però que només és al cap i a la fi un instru-
ment. I un instrument, no l'hem d'identificar mai
amb allò que el fa servir. D'aquestes bases probables
jo...

(El Personatge I arriba del terrat. El segon ja ho
ha posat tot al cotxe. El tercer es desa les quar-
tilles, i tots tres pugen al cotxe, que de seguida
arrenca i s'allunya. Apareix la Portera. Feia 135

neteja a l'escala. Surt al carrer amb curiositat i s'adona del barret de copa. El cull i del mig del carrer estant crida i fa senyals inútilment en la direcció que ha pres el cotxe. Després se'n torna amb el barret a les mans. Pausa. Per l'esquerra vénen tot de Carnestoltes que porten agafat pel cap i pels peus un maniquí de sastre amb el vestit de Celestí. El deixen al mig del carrer i hi ballen a l'entorn. Al cap d'un moment surt un altre Carnestoltes pel balcó del principal. Els aboca una galleda d'aigua al damunt i se'n torna. Tots resten immòbils. Després miren el balcó amb despit i se'n van precipitadament per la porta de l'escala. Pausa. Els Carnestoltes surten pel balcó del principal, baixen a tombollons per l'escala de mà, que encara és posada, i tornen a entrar corrents per la porta. Arriben per la dreta la Dona, Marfúrius i el Criat. Els Carnestoltes surten pel balcó, baixen per l'escala de mà i repeteixen l'escena. Marfúrius se situa, davant el maniquí, i la Dona i el Criat en una banda. Reapareixen els Carnestoltes pel balcó, baixen per l'escala de mà i aquesta vegada el primer d'arribar al carrer fuig per la dreta amb el maniquí arrossegant i empaitat pels altres. Pausa curta.)

CRIAT *(anunciant)*: Senyor: hi ha una senyora més lletja que... Hi ha una senyora molt lletja que...

DONA *(es tira damunt Marfúrius)*: Marfúrius! Marfúrius! *(El Criat se'n torna.)*

MARFÚRIUS *(es gira d'esquena la Dona. Despectiu)*: El vent fa el soroll de subjectar torrents i cascades amb sivella negra).

DONA: Digues: aquesta alarma no et pot tornar a la realitat?

MARFÚRIUS *(fa un esclafit amb la llengua)*: Ah, la sequedat nocturna de la llengua!

DONA: Jo sé bé on guarden les claus dels jocs d'aigua. *(Amb dolcesa.)* Vols una fruita? La meva pobresa està a la teva disposició.

MARFÚRIUS *(després d'una pausa es tomba cap a ella)*: T'embenaré els ulls i, quan t'avisi, te'ls destaparàs i em buscaràs. *(Li tapa els ulls amb un mocador i se'n va a poc a poc per l'esquerra.)*

DONA *(caminant a les palpentes)*: Ah! Per ingrat que arribi a ser el meu destí, mai no ho serà més que en aquesta hora que visc.

CELESTÍ *(treu el cap per la cantonada esquerra)*: Tu seràs meva.

DONA *(sorpresa)*: Celestí *(Es treu la bena.)* Princesa jo? I per què?

> *(S'abracen al mig del carrer. Travessa un empleat amb un cartell que diu* Descans. *Els actors es retiren.)*

ACTE SEGON

A la dreta Esculapi *assegut dalt d'un arbre. La* Dona *al peu de l'arbre cus asseguda en un banc de paper pintat que figura de pedra, com els que surten als teatres. Ran de la fatxada, un piano. A l'esquerra, un bagul tancat. Al balcó del principal, la* Cambrera *entra i surt coquetejant amb* Marfúrius. *En una de les sortides treu una cadira.* Celestí *i el* Marquès *surten de l'escala, avancen fins al mig del carrer i se situen a una certa distància l'un de l'altre.*

Marquès *(mostra un guant)*: Jo et tiro el guant. *(L'hi tira.)*

Celestí *(l'entoma)*: Per què em tireu el guant?

Marquès: Perquè ets un inconstant.

Celestí *(li tira el guant)*: Jo us tiro el guant.

Marquès *(l'entoma)*: Per què em tires el guant?

Celestí *(ràpid després de dubtar un moment)*: Doncs perquè em ve gran. *(Riu.)*

Marquès *(tirant el guant)*: Jo et tiro el guant.

Celestí *(l'entoma)*: I per què em tireu el guant?

Marquès: Perquè... *(Ràpid.)* Perquè m'agrada tant.

Celestí *(l'hi tira)*: Jo us tiro el guant.

Marquès *(l'entoma)*: Per què em tires el guant?

Celestí: Perquè... perquè... l'autor es diu Joan.

Marquès *(l'hi tira)*: Jo et tiro el guant.

Celestí *(l'entoma)*: Per què em tireu el guant?

138 Marquès *(no troba els mots)*: Doncs perquè... perquè...

(Es grata la barba.) Doncs perquè... perquè... perquè...

CELESTÍ *(salta de content)*: Prou, senyor marquès! *(Allargant la mà.)* Vinga: heu de pagar penyora. *(El Marquès es treu un medalló de la butxaca i l'hi dóna. L'embutxaca.)* Ah! Bé es diria que el senyor marquès sóc jo per comptes de vós. *(Li torna a tirar el guant.)* Jo us tiro el guant.

MARQUÈS *(l'entoma)*: Per què em tires el guant?

CELESTÍ: Doncs perquè... el pugueu anar entomant. *(Riu.)*

MARQUÈS *(ràpid, li tira el guant)*: Jo et tiro el guant. *(El guant s'escapa de les mans de Celestí.)* Ara! Penyora! Penyora!

CELESTÍ *(es treu un mocador de quadres enormes)*: Sí, marquès, sí.

(El Marquès s'embutxaca el mocador i fa una riallassa.)

VAGABUND *(ve per l'esquerra. S'interposa entre Celestí i el Marquès tot mostrant-los una gàbia amb un colom)*: Atenció! Els coloms missatgers poden rendir en mar serveis tan importants com en terra. Així és. Tenen instint suficient per a vorejar l'aire i vèncer els corrents més forts de l'atmosfera.

MARQUÈS *(despectiu)*: Un altre dia, germà.

VAGABUND *(a Celestí)*: Compro tota mena de paper vell.

CELESTÍ *(igual)*: Un altre dia.

VAGABUND *(anant-se'n, en to amenaçador)*: Tots dos coveu un desig de mala llavor. Que el centaure prossegueixi la seva ruta!

(Celestí cau estès.)

MARQUÈS *(se li acosta, anguniós)*: On vas? Celestí! Mira que som prop de mitjanit.

GAFARONA *(surt del bagul. S'apropa a Celestí i li posa una mà al front. Pausa. Amb veu tranquil·la, al Marquès)*: Aquest? El senyor ha anat a beure aigua mentre jo buscava les flors.

MARQUÈS *(més calmat)*: Si és així, la salut abans que tot.

GAFARONA *(pren el pols a Celestí)*: De res no ens serveixen, en efecte, els altres béns si no tenim salut.

(El Marquès es passeja amunt i avall. De tant en tant es mira el rellotge. Gafarona queda al 139

marge de l'acció; només pren el pols a Celestí i l'ausculta. Pausa.)

ESCULAPI: Ja és de nit. Per a assegurar-nos que a fora encara existeix escuma cal ratllar amb l'ungla les parets interiors del fogó.

DONA: M'oriento aviat i en qualsevol dia d'hivern.

ESCULAPI: Què veus? T'he arribat a imaginar com una dona extraordinàriament bonica.

DONA *(riu)*: Sí. Com un licor que brilla en les tenebres. Estigues bo. Asseguren que els coloms no viatgen mai de nit. *(Torna a cosir.)*

ESCULAPI: Ah! Els noms dels vuit signes de la música haurien de ser donats a les dones.

DONA *(deixa de cosir)*: Els periodistes ignoren els efluvis benignes de la meva mà dreta. *(S'aixeca i li agafa un peu.)* Esculapi; a qui se li acut de presentar-se vestit de frac...

ESCULAPI *(baixa de l'arbre)*: Què vols dir? Jo no coneixia ningú ni de les disfresses ni dels qui van en vestit corrent.

DONA: És cert que l'agricultura és el primer ofici de l'home, oi?

ESCULAPI: Cadascú sap on li dol l'ull de poll. *(Amb decisió.)* Quan se'm presenti l'ocasió oferiré força cadires i satisfaré les preguntes que em facin referents a les distàncies. *(Es posa el barret.)* Bé: se'm fa tard. És hora d'anar per sang i no per roses. *(Assenyalant la vorera.)* ¿És aquest el camí que porta a l'estació? *(Començant a caminar cap a la dreta.)* Els trens que hi neixen o s'hi aturen són molt nombrosos. El públic omple tothora les andanes.

DONA *(s'ha aixecat; l'agafa pel braç i l'atreu amb dolcesa cap a l'esquerra)*: Vine amb mi. Jo conec una drecera que hi porta. Mira'm.

> *(Se'n van per l'esquerra de bracet. En tombar la cantonada es topen amb el Personatge III, que arriba. Va sense monocle. Porta una cartera de pell i es recolza en un paraigua. La Dona fa un xiscle.)*

PERSONATGE III *(irritat)*: Tanta por faig?

> *(En sentir-lo, el Marquès es gira i se li acosta complagut.)*

DONA i ESCULAPI: Perdoni! *(Se'n van de pressa).*

PERSONATGE III *(mou el cap despectivament. Encaixada amb el Marquès):* M'he retardat una mica perquè el sastre no em tenia la levita a punt i jo...

MARQUÈS: El cor em deia que vindríeu.

(Tots dos s'asseuen al cantell de la vorera. Gafarona continua intentant de retornar Celestí. Al balcó del principal la Cambrera s'ha posat de bocaterrosa damunt una cadira i tot rient acciona braços i cames. Dret al seu costat Marfúrius li va fent indicacions. El Personatge III s'adona de l'escena i els contempla immòbil. El Marquès resta pensarós amb la mirada perduda al buit i la mà a la barba.)

MARFÚRIUS *(a la Cambrera, que va accionant els braços):* Dues, una, dues, tres. Una, dues, tres. Una, dues, tres. Així, així. I forcejant l'aigua. Vejam. *(Fa un gest i la Cambrera para d'accionar.)* Tres temps. Pren la posició de sortida. *(Uneix les mans sota la barba. La Cambrera ho va fent.)* El cap ben bé fora de l'aigua. *(Li dóna copets a les cames.)* Les cames ben juntes al moment d'entrar a l'aigua. Ara, els braços endavant sense separar les mans. Avança les cames. Així. Separa a poc a poc els braços i fes que descriguin un quart de circumferència. No. Veus? Les mans amb els palmells de cara a terra. Així. Estira les cames cap als costats. Ara, els braços i les cames alhora. *(Li fa moure els braços.)* Una, dues, tres. Una, dues, tres. Una, dues, tres. Una, dues, tres. Una, dues... *(S'adona que el Personatge III no els treu els ulls del damunt. S'escura el coll i canvia de to.)* I, com deia, les posicions successives que exigeix el llançament del disc sempre han suggerit superbes escultures acadèmiques. *(Resta immòbil.)*

CAMBRERA *(aixecant-se estranyada):* Amor... *(Seguint una mirada indiscreta de Marfúrius al Personatge III, mira a baix):* Oh, el senyor marquès! *(S'aixeca ràpida.)*

PERSONATGE III *(alçant el puny):* Us pujarà un núvol de polseguera que causarà la ruïna en caure.

(En sentir-lo, el Marquès el mira i s'adona de 141

l'escena del balcó. S'aixeca i continua el diàleg.)
MARFÚRIUS *(branda una escombra)*: Jo... jo només estic resolut a combatre si algú m'ataca.

> *(La Cambrera intenta d'arrabassar-li l'escombra. Lluiten. La canya es parteix i queda a mans de Marfúrius. La Cambrera fa un xiscle i entra de pressa. Pausa. Marfúrius, immòbil amb els trossos de l'escombra a les mans. La Cambrera apareix pel balcó del primer pis. Però en arribar a la barana se'n torna xisclant. Marfúrius llença els trossos de l'escombra i entra de pressa. La Cambrera repeteix l'escena al balcó del segon pis. Pel del primer apareix Marfúrius, mira enlaire i se'n torna de pressa. Escena de la Cambrera al balcó del tercer pis. Marfúrius al del segon. La Cambrera al del quart. Marfúrius al del tercer. Cau del terrat un ninot que figura la Cambrera. Marfúrius repeteix l'escena al balcó del quart pis.*

MARQUÈS *(immòbil al peu del ninot)*: Què ha passat?
PERSONATGE III: La mateixa.
MARQUÈS: No havia vist mai sortir el diable de dins una canya.

> *(Tots dos es treuen a poc a poc el copalta. Pausa. El Marquès s'acosta al públic i es posa el copalta.)*

MARQUÈS *(al públic en to confidencial i assenyalant Gafarona i Celestí)*: Ai, pobres humans! El silenci els violentava i tots dos comprenien que calia trencar-lo. Ell ja tenia els mobles i tot. Ella collia al mosaic aquells bolets que només apunten la caperulla, cap a la primavera, a la terra que cobreix les arrels dels freixes. Si podíem evitar uns certes onades...

> *(Torna al costat del Personatge III. Pausa. Celestí s'aixeca. S'asseu davant el piano i l'obre. Gafarona, dreta al seu costat, es disposa a cantar. Arriba el Vagabund per la dreta, recull el ninot i, somrient, el fica al sac. El Marquès i el Personatge III escolten Gafarona, que comença a cantar un cuplet acompanyada al piano per Celestí. Finalment s'obre el balcó del tercer pis i apareixen tot de Carnestoltes que es diverteixen*

*amb xerric-xerracs, trompetes de fira i tirant
confetti.)*

PERSONATGE III *(obre el paraigua, que aviat se li cobreix
de confetti)*: Jo sol he conegut els suplicis més cruels.
Lligat com estava, fins a fer-me rajar sang, he cone-
gut els turments més refinats que pugui suportar una
persona. Per exemple, asseure's en una sella plena de
claus en punta damunt un cavall llançat al galop
mentre algú s'entreté tirant-vos fletxes. El suplici del
ferro candent consisteix a passar un ferro roent da-
vant els ulls moltes vegades per cremar-los i assecar-
los. *(Pausa. El Marquès el mira de reüll.)* El collar és
una mena d'escala que té els muntants units als ex-
trems per graons. Al mig n'hi ha uns altres dos d'es-
paiats, de manera que hi passi el cap. En posar
aquesta escala damunt les espatlles del pacient el coll
hi resta enclòs. D'aquesta manera no es pot dur per
ell mateix el menjar a la boca i pateix horriblement
quan s'estira. No obstant això, ha de portar dia i nit,
mesos i mesos, aquest instrument de suplici. *(Els
Carnestoltes se'n van. Gafarona continua cantant.)*
Les cadenes tenen tres branques: la primera estreny
el coll per mitjà d'una anella bastant ampla; les altres
dues van lligades a la part baixa de les cames amb
anelles més petites. Si la cadena és massa llarga cal
que l'aguantis amb les mans per caminar; si és massa
curta, cal que estiguis encorbat constantment. La pa-
llissa, la donen amb unes xurriaques flexibles que te-
nen la punta revestida de plom. Us despullen, us po-
sen de bocaterrosa i de seguida us donen a l'esquena
els cops que hagin ordenat. De vegades els caps dels
decapitats són exhibits en gàbies o en una mena de
cofres rectangulars. La màquina de partir en dos...
Aquest suplici no necessita cap explicació. Lliguen el
pacient en un pilar. Al costat té tres o quatre botxins
armats amb ganivets, pinces i ganxos, que li van ta-
llant o arrencant cent tires de carn del cos, prèvia-
ment cremat amb ferros roents...
*(Gafarona ha acabat de cantar. Celestí aplau-
deix, s'aixeca i s'agafen les mans. El Personatge
III tanca el paraigua i, amb el Marquès, se'n va
per l'escala. Es fan compliments en entrar.)* 143

CELESTÍ *(apassionat)*: Digues: en què penses?

GAFARONA *(amb dolcesa)*: Estimat: en lloc de consultar-ho als savis, pregunta-ho als jardiners. *(Riuen.)*

CELESTÍ: Veig que ni en teatre ni en música.

GAFARONA: Sí.

> *(Es besen llargament. Se'n van corrents per la dreta agafats per la mà. Pausa.)*

VEU DEL VENEDOR DE DIARIS *(de lluny estant)*: Anit un gondoler va perdre les arracades! *(Més a prop.)* Anit un gondoler va perdre les arracades!

> *(Arriba per l'esquerra cridant la notícia i seguit d'un grup de compradors. S'atura al mig i comença a vendre diaris. Els compradors s'allunyen en totes direccions. L'últim que despatxa és el Criat, que venia entremig dels compradors.)*

VENEDOR *(cobra)*: Gràcies! I no oblideu que el número pròxim oferirà als lectors suplement gràfic.

> *(Se'n va per la dreta tot cridant com abans. El Criat s'allunya per l'esquerra tot fullejant el diari. Travessa un empleat amb el cartell de Descans.)*

ACTE TERCER

Al mig del carrer ESCULAPI *i el* MARQUÈS *juguen a daus. La* DONA, *en vestit de núvia, abocada al balcó del primer pis. Per la dreta* CELESTÍ *travessa amb una carpeta de dibuix sota el braç. En arribar a la cantonada esquerra obre la carpeta i busca entre unes làmines.*

PESCADOR *(barret de palla i espardenyes. Porta un cistell penjat a l'un costat i la canya a l'espatlla. Travessa de dreta a esquerra)*: Oh fruita misteriosa! Quan els peixos es deixen atrapar millor és de nit i sota les estrelles. ¿Per què em dec haver d'aturar?

CARNESTOLTES *(per l'escala. Mira una bombeta a contraclaror)*: No sé, el filament veig que hi és sencer. Però s'ha enfosquit el vidre per la part de dins. *(Se'n torna.)* Caram, caram!

CRIAT *(travessant corrents d'esquerra a dreta)*: Ai! La safata! La safata! La senyora està sense cap! Ah trista! La safata! La safata! *(S'allunya tot cridant.)*

CELESTÍ *(deixa de regirar la carpeta)*: Ui! He trobat l'Atlas tot regirat.

MARQUÈS *(a Esculapi)*: Ja ho saps. Cal prendre la cartera al maniquí sense fer sonar ni un dels cascavells que li pengen al voltant. *(Esculapi s'aixeca. Celestí escolta amb interès. El Marquès recull els daus.)* Ningú no vigila. Amb un tros de seda negra podem fer totes les caretes que vulguis. *(Mira enlaire.)* I no es decideix a ploure. Em sento tan jove avui!

ESCULAPI: Digueu: ¿a quina selva curta heu embolicat la

madeixa? *(El Marquès s'arranja el vestit impassible.)* Saps? Penso que no pot ser que nasquem a...

MARQUÈS *(ràpid)*: ...al mateix punt del rellotge?

ESCULAPI: ...a l'ombra dels arbres per tal de sofrir un sol tan intens que...

MARQUÈS: ...que ens fa tornar negre el barret? *(Riu.)*

> *(La Dona segueix l'escena de l'escala estant.)*

ESCULAPI *(fregant-se les mans nerviós)*: Sento defallir. No encerto pas tot el que hi pot haver dins.

MARQUÈS *(amb hipocresia tot invitant-lo a sortir cap a l'esquerra)*: Anem. Tindré el gust de poder-te oferir no pas una copa sinó una gerra d'aigua fresca. Allà no veig res.

> *(Esculapi es deixa portar i se'n van. Celestí mira com s'allunyen. La Dona surt de l'escala i se'n va de pressa cap a l'esquerra.)*

CELESTÍ *(l'atura. Amb intenció de calmar-la)*: Saps? Esculapi ha obtingut un èxit molt estimable, crec.

DONA *(es posa una mà al front)*: No fa joc amb el meu vestit. *(Defalleix. Celestí la sosté.)*

CELESTÍ: Ara... si... jo... *(La deixa a terra)*: Faré un senyal al primer taxi que trobi. *(Se'n va corrents cap a l'esquerra.)*

ESCULAPI *(arriba per la dreta amb bicicleta. En veure la Dona, baixa i s'hi atansa. S'agenolla i l'aguanta per l'esquena amb emoció)*: Ja ha acabat! Ja ha acabat! Les finestres de casa seva són com la lluna mateixa.

PORTERA *(per l'escala tot donant cops d'escombra a terra)*: Ah! Un gran arbre és el cel, però aquí baix un escarabat pot ser el mateix el sol que la lluna.

ESCULAPI *(sense apartar els ulls de la Dona)*: Ah! La seva voluntat i la seva esperança aixecaven el vel que cobreix el mirall diví.

PORTERA *(heu esment d'ells i s'hi acosta a poc a poc. Passats els primers moments de sorpresa, aixeca els ulls)*: Ai! ¿Per què els costums dels homes ja no depenen dels astres?

> *(Pausa. Tots resten immòbils.)*

CELESTÍ *(torna seguit d'una parella de municipals de gala que resten cap a la dreta a segon terme)*: ¿Però potser viure és dormir amb les sabates posades?

PORTERA *(tombant el cap vers ell)*: Pse! Només passar els

ulls per un seguit d'estampes, per l'estil de les del joc de l'oca.

ESCULAPI *(a poc a poc en començar)*: Creu és que no. Cara és que sí. Creu és que no. *(Desesperat.)* Ah! Jo no vull deixar a l'atzar una cosa tan important! La rosada nocturna no escalfa les plantes. Les seves bombolles van errants pels aires. Jo mateix estirat damunt l'herbei ignoro com cal sondar la mar.

DONA *(dèbilment)*: Recordes, estimat? La nit era tan fosca que ens van posar a plorar. Em segueixes per aquí?

ESCULAPI *(molt emocionat, intentant de somriure)*: Sí. Aquelles eren perles fines.

DONA: El mal és que ara tampoc hi trobo remei.

ESCULAPI: Però...

DONA: Malament, sempre malament.

ESCULAPI *(l'acarona)*: Te'n recordes? Em va aparèixer un paraigua a la mà com per art d'encanteri...

DONA: Tu miraves les boles de cristall i els gots d'aigua.

ESCULAPI: I tu les ungles i els cabells. *(La Dona mor. Gran emoció entre els assistents. Celestí es treu el barret. La Portera plora. Pausa.)*

ESCULAPI *(entre sanglots)*: Una porta que s'obre quan es tanca. Qui s'atreveix de nou a provar fortuna?

CELESTÍ *(pausa)*: És així com les agulles giren a l'esfera, de la una a les dotze. *(Se'n va trist per la dreta tot posant-se el barret. Pausa.)*

ESCULAPI: El meu amor... *(Pren la Dona en braços i es dirigeix a poc a poc a la porta de l'escala.)*

PORTERA *(s'eixuga els ulls)*: Fill meu, ¿ja has tancat bé l'armari de la roba blanca?

> *(Esculapi desapareix escala amunt. Els municipals se situen un a cada banda de la porta. Travessa l'empleat amb el cartell de* Descans. *Els municipals es retiren.)*

ACTE QUART

Al balcó del primer pis, la DONA. *Al segon, la* CAM-
BRERA *entre els* MUNICIPALS *de gala i els tres* PERSO-
NATGES. *Al tercer pis, els* CARNESTOLTES *i el* CRIAT. *I al
quart pis, el* VAGABUND. *Tots estan immòbils de colzes a
la barana. En començar surt la* PORTERA *per l'escala amb
un balancí. Se situa al mig del carrer, a primer terme, i
s'asseu d'esquena al públic. Es posa les ulleres i comença
a fer mitja havent deixat anar el cabdell de llana a terra.
Després d'una pausa surten, també per l'escala,* CELESTÍ,
ESCULAPI *i el* MARQUÈS. *Porten una escala de cavallet,
una bomba i tots els accessoris per a enlairar-la.* ESCU-
LAPI *obre l'escala al mig del carrer i hi puja. Ell és l'en-
carregat d'aguantar el globus mentre els altres l'inflen i
encenen l'esponja. A l'últim la bomba s'enlaira amb gran
alegria de tots els actors, que l'assenyalen amb el dit. Un
dels personatges desplega una ullera de llarga vista per
observar l'ascensió.* CELESTÍ, ESCULAPI *i el* MARQUÈS
*agafen els estris i se'n tornen. Tots tres reapareixen pel
balcó del primer pis somrients al costat de la* DONA. *La*
PORTERA, *que fins ara no ha deixat un moment de fer
mitja, mira cap als balcons i compta els actors. Diu "No,
encara no", i continua la seva feina.*

Arriba MARFÚRIUS *per la dreta. Va pensarós i ar-
rossega un cordill llarg amb una caixeta rodona de
llauna passada a cada punta, com els telèfons que impro-
visa la quitxalla. En haver travessat es posa a la boca, a
manera de micròfon, la caixeta que té a la mà. Apareix*
148 GAFARONA *de puntetes per la dreta, cull l'altra punta del*

cordill i es porta la caixeta corresponent a l'orella, com un auricular. Els dos personatges no es miren, separats pel cordill. La PORTERA *treballa. La bomba ja s'ha perdut de vista i els personatges dels balcons continuen en la mateixa actitud que en començar.*

MARFÚRIUS *(trist i sostenint la caixeta a la boca)*: Ah! Els vestigis de la civilització egípcia més antiga no em provoquen el més petit somriure. *(Pausa.)* Tampoc la serenitat hel·lènica no ha pogut vèncer el meu turment. *(Pausa.)* L'Índia, amb totes les seves esplendors, tampoc no m'aconsegueix de distreure. No, no. Després, desenganyat dels antics països, em vaig dirigir a les ciutats modernes. París em va deixar aclaparat. Nàpols no va aconseguir d'infondre'm la més petita satisfacció. No. Londres també va fracassar. *(Gafarona deixa l'extrem del cordill a terra i se'n va de pressa per la cantonada.)* Bèlgica i Holanda també van fracassar. No me n'hi tornaré pas. *(Es treu la caixeta de la boca i diu a poc a poc.)* Ah! Sembla que hi hagi flors, i no són més que papallones posades en fila damunt una branca de la meva planta preferida. *(Resta pensarós.)*

GAFARONA *(reapareix disfressada amb una túnica i una careta de xinès que s'aguanta amb la mà. S'acosta a Marfúrius)*: Ei! Broquets. Boles de billar. Tecles de piano.

MARFÚRIUS *(es tomba cap a ella. De mala gana)*: ¿Ara, un xinès?

GAFARONA *(traient-se la careta)*: No. És una disfressa, veus?

MARFÚRIUS *(obrint els braços)*: Gafarona! Tu? ¿Com és possible?

GAFARONA *(també obrint els braços)*: Ah, Marfúrius!
    (S'abracen i plegats se'n van corrents per l'escala. Surten somrients pel balcó del primer pis. La Portera deixa de nou la feina i compta els actors.)

PORTERA: Ara sí. *(Deixa els estris de fer mitja. S'aixeca. Treu un llibret i el fulleja amb calma. Fixa una plana i s'assegura que tots estan pendents d'ella.)* Érem a l'article cinquè. *(S'asseu i llegeix a poc a poc tot* 149 *gronxant-se suaument i mirant de tant en tant els personatges per damunt de les ulleres.)* Article sisè: Cap veí no podrà ser forçat a canviar-se de domicili o de residència, sinó en virtut de sentència executòria. Article setè: Ningú no podrà entrar al domicili de cap natiu o estranger resident a Catalunya sense el seu consentiment llevat, només, dels casos urgents d'incendis, d'inundació o d'algun altre perill anàleg; o d'agressió il·legítima que procedeixi de dins; o bé per auxiliar una persona que d'allà estant demani auxili. Article vuitè: En cap ocasió no podrà ser detinguda ni oberta per l'autoritat governativa la correspondència confiada al correu ni tampoc ser detinguda la telegràfica. Article novè: Cap català que gaudeixi dels seus drets civils no podrà ser privat d'emetre lliurement les seves idees i opinions, ja sigui de paraula, ja sigui per escrit, valent-se de la impremta o d'algun altre procediment semblant i fent gala del seu talent.

(Travessa un empleat amb el cartell de Fi.*)*

Joan Brossa

OR I SAL

Obra en tres actes

Personatges

HOME PRIMER
HOME SEGON
HOME TERCER
NOI PRIMER
NOI SEGON
NOI TERCER
NOI QUART
NOIA
TOMÀS
AGUSTÍ
IMELDA
MARIT
MULLER
DONA PRIMERA
DONA SEGONA

Aquesta obra va ser estrenada per l'Agrupació Dramàtica de Barcelona, al Palau de la Música Catalana, el 18 de maig de 1961, amb decoracions d'Antoni Tàpies i sota la direcció de Frederic Roda.

ACTE PRIMER

*Habitació blanca. L'*Home Primer *va traient pomes d'una caixa; les examina i separa les dolentes de les bones, que deixa damunt una taula. L'*Home Segon *està dret al seu costat, mirant-s'ho.*

Home Primer: No, no han portat encara el diari.

Home Segon: Si no els estires pels cabells...

Home Primer: Sempre hem d'estar a punt de dormir, si convé, sota els arbres.

Home Segon: Canten mentre fan les coses.

Home Primer: Deures, amb aquestes calamitats?

Home Segon: Els pollastres no tenen instint teatral.

Home Primer: És com recollir a la quitxalla les bengales.

Home Segon: Que n'hi ha bastants, que n'hi ha bastants.

Home Primer: Doncs vés i digue-ho.

Home Segon: No sempre els brodats falsegen el que cobreixen.

Home Primer: Jo opto per la circulació de la sang.

Home Segon *(riu)*: Tu ets, Valentí, d'una credulitat total.

Home Primer: Gràcies, Felip!

Home Segon: Jo no sóc d'aquesta planta.

Home Primer: El qui vol aparentar un peu petit, no tenint-l'hi, paga cara la seva vanitat amb ulls de poll i durícies.

Home Segon: A tu, Valentí, les actrius et toquen el cor.

Home Primer: Doncs l'altre dia em deies que era endurit i mecànic.

HOME SEGON: Senzillesa i bon gust, Valentí; senzillesa i bon gust. Ve-t'ho aquí, tot el que cal.

HOME PRIMER: Ben net que vaig.

HOME SEGON: Ui! I et talles les ungles en punta?

HOME PRIMER: I des que em llevo que em pentino.

HOME SEGON: Així mateix és com les dones s'embelleixen.

HOME PRIMER *(s'eixuga el front)*: Ui, endavant amb el meu treball! *(Pausa.)* Són tan iguals totes les porteres que he conegut... A les dones madures, els faig pronunciar "bigotis". Es tornen vermelles.

HOME SEGON: I això et porta bona sort?

HOME PRIMER: No sóc ningú.

HOME SEGON: I on aniràs ara?

HOME PRIMER: No ho sé. A veure l'escuma del mar contra les negres roques.

HOME SEGON: Jo prefereixo veure les barques, com remen.

HOME PRIMER: És un seient diferent.

HOME SEGON: Però als espantaocells no els he tingut mai llàstima.

HOME PRIMER *(per la poma que té a les mans)*: Aquesta sí que està malament. Macada: mira.

HOME SEGON: Cada dia tens més mal geni.

HOME PRIMER: No sabent ballar, no m'agrada d'estar amb els qui ballen. *(Tus.)*

HOME SEGON: La guineu s'escanya!

HOOE PRIMER: Gràcies! No hi ha moros a la costa.

HOME SEGON: Les primeres cartes que em va escriure la meva dona eren les mirades que em donava.

HOME PRIMER: I tu, què?

HOME SEGON: No es notava la mà immòbil. Fingia distracció, però me la donava. Sí, me la donava.

HOME PRIMER: I quin pollastre que estàs fet, Felip!

HOME SEGON: Exigir una prova, jo diria, és declarar-se vençut.

HOME PRIMER: No sé pas com t'ho fas perquè els gegants et robin!

HOME SEGON: No fent el titella.

HOME PRIMER *(para un moment i se'l mira)*.

HOME SEGON: M'entens? Tres i quatre després de dues i una. La naturalesa ho ensenya.

HOME PRIMER: Sí, sí, però així i tot hi ha molts homes perruquers...

HOME SEGON: Pots veure com jo no dormo mai dins una caldera.

HOME PRIMER: Poques llavors trobaràs en una caldera.

HOME SEGON: Doncs, aleshores, tu què vols?

HOME PRIMER: Ja sé que no pretenc de fer arribar cap missatge.

HOME SEGON: Valentí, em sorprenen aquestes repeticions. *(Pel que fa.)* Ja et convé, això?

HOME PRIMER: Ja veus que no vaig gaire de pressa.

HOME SEGON: ¿Quina serà la pròxima pregunta que em faràs?

HOME PRIMER: Què dius, Felip?

HOME SEGON: Que no la vull amb trenes.

HOME PRIMER: Avui encara haig d'esmorzar.

HOME SEGON: És ridícul que una persona vella presumeixi de jove.

HOME PRIMER *(riu)*: Jo sempre em retiro del ball abans que surti el sol.

HOME SEGON: Doncs a mi no em fa res mostrar-me a la llum del dia.

HOME PRIMER: El vestit i els diners han d'estar en harmonia.

HOME SEGON: Trobo que avui t'escolto molt.

HOME PRIMER: Bah! Si a tu t'agrada! Sempre et lamentes, sembles un orgue.

HOME SEGON: I tu tampoc no vas gaire lluny d'aquells qui funden la "veritat" en una estàtua.

HOME PRIMER: Un ram de flors no és un discurs.

HOME SEGON *(per les pomes)*: No les vens?

HOME PRIMER: No.

HOME SEGON: Bah!

HOME PRIMER: Els homes fan els llibres, però la naturalesa fa les coses, Felip.

HOME SEGON: ¿En què et fundes per dir que l'amor no té diccionari?

HOME PRIMER: En té, però no com el que els ases van repartint.

HOME SEGON: Les coses no poden ser mirades de lluny estant, o fent com qui se'n va.

HOME PRIMER: És que jo no veig pas que sigui així.   *155*

HOME SEGON: Ni jo.

HOME PRIMER: Vaig llegir un tractat de mitologia. *(Para de triar les pomes.)*

HOME SEGON: Mitologia! Ecs! *(Canviant de to.)* El punt de partida de la Bíblia... Déu... el Déu Pare...

HOME PRIMER: Això que dius és mitologia cristiana.

HOME SEGON: Però aquestes taules...

HOME PRIMER: Arromoc era un déu nascut dels arbres. Unam era el déu del rocam i Rodac el de les tempestes.

HOME SEGON: Ja, ja; però...

HOME PRIMER: El vent retrunyia sobre el divan d'Arromoc. Vèncer, per a ell, era la glòria suprema.

HOME SEGON: Però, escolta...

HOME PRIMER: Batafra es deia la seva filla, que buscava un lloc per reposar on ningú no habités. Kna —un déu de colors espantosos— descobreix la presència de la jove dea i, prop d'un munt de ruïnes, li fa beure una copa d'aigua amb obstinació. Víctima d'aquella aigua, Batafra va ser emportada dalt dels turons d'una raça de persones plena de falsos profetes. Els llops d'aquelles muntanyes corrien darrera els estrangers i feien fugir els pastors; però n'hi havia un, que es deia Hagim, que tenia un bou que feia tremolar els enemics d'Arromoc. I així, aquella nit, veient que Batafra no arribava als jardins on rebia culte, Hagim es va llançar a l'acció. Kna va afanyar-se molt, però la vara se li trencava perquè no hi havia gens de saviesa en els seus propòsits. Et dic el motiu. El lleó va ser pres en el seu propi amagatall, i els pobles del voltant van ser destruïts per Arromoc, que, furiós, venia contra ells amb llaços i fletxes.

HOME SEGON: També la Bíblia diu que Déu va destruir les criatures. Les va crear i eren seves, oi? És la història del diluvi.

HOME PRIMER: Després d'un combat violent, la fruita i el vi van rebre el nom de Batafra i la imatge d'Arromoc va ser reproduïda als temples que hi havia a les muntanyes d'Hajam i que abans tenien les sanefes plenes de boira.

HOME SEGON: També la Bíblia posa ben clar quin és el pecat de l'home.

HOME PRIMER: ¿Estàs segur, Felip, que coneixes el bé i el mal?

HOME SEGON: Ara potser ja no; però, llavors, un àngel amb un sabre guardava el camí que duia a l'arbre de conservar la vida.

HOME PRIMER: Tot és mitologia.

HOME SEGON: Però Noè no...

HOME PRIMER: La lluna és un arbre...

HOME SEGON: Què?

HOME PRIMER: ...Sofar llença els tions i es vesteix. Parlen els boscos i veiem estàtues, l'única representació de les quals és el foc.

HOME SEGON: Però Noè no va...

HOME PRIMER: Prop de les fonts sentim remors confuses, i el corn esquerre de la foscor s'eleva damunt la terra. Irmis, el déu de les mans de palla, sent la necessitat d'una fugida, així com d'enriquir els seus coneixements, incerts en el temps.

HOME SEGON: Déu va fer que la serp no tingués raó...

HOME PRIMER: Sí, i també tota mena de miracles. Va caminar tant que, de nit, es va enfonsar per terra, abandonat d'auxilis, i va baixar al si de les onades, on a cops d'espasa i de llança apartava els gossos que li impedien el pas. L'huracà interrompia el silenci, missatger de la malícia. Estrella al cel, Arromoc es va calar la caputxa i va haver de bolcar tot l'oli.

HOME SEGON: Almenys en Noè va obtenir el perdó.

HOME PRIMER: Arbitrari. Prop de la seva caverna, el xoc dels metalls impedia el pas dels rius tombes ensota. Kna, per maldat, va precipitar-se fins als extrems dels boscos últims. El déu començava a fumejar; confonia els llampecs i els condemnava. I la terra es va omplir de malvestats. Batafra va enterrar una càrrega de sorra i imitava els trons en un temple grandiós. I saps? Els cops ressonen eternament per una via de roques que motiva la naixença de les coses venidores.

HOME SEGON: Alguna finalitat volguda per Déu.

HOME PRIMER: Idrac, el déu del qual floreixen les idees, ja no tenia gens de fe en la immortalitat, i predeia una fi ombrosa, i xiuxiuejava a l'orella dels altres, arrabassant-los tot consol.

HOME SEGON: Si Déu és el que jo crec, llavors, em salvaré.

HOME PRIMER: Una mica allunyat d'Idrac, Rodac, que seia allí, damunt l'herba, transportat pel fruit de les grans epopeies, deia alguna cosa així com: "No crec que el qui ensopegui amb un plat es torni gloriós." I, en sentir això de "en un plat", Idrac es va girar cap als llocs alts i va veure com els déus es reunien vora un llac que els tornava la cara, i va sentir com en grups entonaven himnes a una oca imaginària. I en aquelles mateixes altures, prop d'una caverna, Cetirna se separava els cabells damunt el front i se'ls ajuntava a la nuca amb un nus. El quart de lluna feia estremir els arbres.

HOME SEGON: És clar que els diners de l'església no sempre són els diners dels pobres, com diuen. Però això passa sempre.

HOME PRIMER: Modoc va triomfar de les mossegades de la serp i va buscar diamants. Quan va arribar en aquella gran galeria de bigues, va trobar Cetirna que dormia amb la boca oberta. Veient que els déus no venien, seguint sens dubte la lletra d'algun pacte, Modoc es va endinsar pel jardí, complagut en la invasió. Després es va mirar la terra en tenebres i va baixar a la vall. Va agafar un lleó per les potes del darrera i el va fer sobresortir de tots els vivents, dret en un munt de pedres.

HOME SEGON: Que a les missions es formin catòlics experts.

HOME PRIMER: Cetirna s'havia despertat a causa d'això. El sol brillava per la intricada selva. Es va quedar sola, es va tocar els peus i va preguntar: "Quin camí buscaré?"

HOME SEGON: Per exemple, la conversió dels xinesos.

HOME PRIMER: El que sant Agustí deia de la divinitat, diu més de sant Agustí que de la divinitat. Ho al·ludeixo.

HOME SEGON: Hi ha molts que no creuen. Ja ho sé.

HOME PRIMER: Ja, ja.

HOME SEGON: Res no falta. Però Déu va dir que no destruiria la terra cap més diluvi.

HOME PRIMER: Tot són símbols.

HOME SEGON: I li sabia greu d'haver creat els homes...

Déu és així. I sort encara que no té un nom llarg i complicat.

HOME PRIMER: Amb superior riquesa, Arromoc, perquè és descendent dels arbres de pedra, esdevé sagrat pels qui no rebutgen cap dels seus triomfs. Ja t'ho dic. Així i tot, va arribar el temps que els seus servents patien gana, fins al punt que molts d'ells es morien per les valls pròximes que més fosques estaven. Un arquemí jove va sortir al desert a buscar rels i plantes per alimentar-se i, prop de les muntanyes d'Urmús, se li va aparèixer Arromoc, vell, amb barba.

HOME SEGON: Jo també he llegit coses així sobre els miracles.

HOME PRIMER: I li va dir: "Les columnes entenen la batalla." I el jove va contestar: "No ho sé: jo odio els forts, ben contra tota esperança de posseir un bosc." Arromoc, sorprès que li digués a la cara que havia sentit el clam de la terra, va contestar: "Mil anys és una xifra rodona." I el jove arquemí va dir: "Coses molt pitjors que horribles nits rejoveneixen les àguiles." I el vell va dir: Mira'm, que vinc per la muntanya.

HOME SEGON: Ja t'he dit el que em sembla.

HOME PRIMER: Però les veritables pedres del prodigi eren les obres. Digues: ¿de quin mirall servir-nos per construir un cap de bronze? Per les fatxades de les torres, la llum superior ja no comptava gens. Els déus menjaven i bevien damunt les altes roques i, quan anaven a consignar la fi tràgica d'Idrac amb un sac i un embut enterrats a la calç viva, el déu va retornar; tenia ferit el cavall i se li confonia la veu amb la tempesta. Mentre els altres déus anaven explicant cadascun les seves aventures, Batafra agafava un mirall pel mànec i es fixava en les roques. El cel era com un torrent de foc adaptat al bec d'una àguila. *(Torna a triar les pomes.)*

HOME SEGON: I bé; en saps, de coses, pel que veig.

HOME PRIMER: Ja saps, Felip, que aquí sempre tens un lloc.

HOME SEGON: Gràcies, Valentí!

HOME PRIMER: En absolut; t'ho asseguro. I força salut que tinguis.

HOME SEGON: Gràcies, Valentí! Bé és ben veritat.

HOME PRIMER: Gràcies, Felip!

HOME SEGON: Dóna'm la mà.

HOME PRIMER *(encaixen)*: Jo...

HOME SEGON: Tu ets en Valentí, el de sempre...

HOME PRIMER: Si tu i jo teníem cavalls no serien pas d'aquells que fan voleiar amb les potes del darrera munts de sorra.

HOME SEGON: Ens alçaríem de l'estrep i els cavalls passarien part damunt d'una barra posada a uns quants metres de terra.

HOME PRIMER: La primavera mai no és atrapada en mentida. *(Riu.)* Els temples de Batar i de Sofar estan units per una llarga escalinata.

HOME SEGON *(riu)*: Digue-ho tu.

HOME PRIMER: No estiguem mai enrabiats, Felip.

HOME SEGON: Ara parles bé.

HOME PRIMER: Ja t'ho dic. *(Torna a la seva feina.)*

HOME SEGON: Valentí, et pregunto si has pensat en aquell negoci que et vaig proposar.

HOME PRIMER: Fa massa pocs dies.

HOME SEGON: Et dic que faries bona presa. ¿Per què no hi penses?

HOME PRIMER: Ja veig que insisteixes.

HOME SEGON: No te'l traspassaria, si no hagués d'anarme'n d'aquest país. Maleït siga! Faig bones embutxacades. En trauràs una fortuna. Un establiment arrencat sempre porta diners. Creix i creix: i és natural que continuï progressant. Oi?

HOME PRIMER: Em sembla evident, pel que dius.

HOME SEGON: És tota una lliçó de sentit.

HOME PRIMER: Me'n recordo, me'n recordo.

HOME SEGON: Visca!

HOME PRIMER: I escolta, Felip: gràcies de pensar en mi!

HOME SEGON: Ja vam fer preu.

HOME PRIMER: Em sembla que acabaré adquirint-lo.

HOME SEGON: Visca! M'agradaria que fos teu. A les teves mans, continuaria progressant...

HOME PRIMER: Gràcies, Felip!

HOME SEGON: És natural, Valentí, que et desitgi bones estones.

HOME PRIMER: Gràcies, Felip, pel favor que em fas.

HOME SEGON: El món hauria d'estar a les teves mans!

HOME PRIMER: No insisteixis sobre aquest punt.

HOME SEGON: Què vols? No em puc estar d'admirar-te. Si et veia i no et coneixia, preguntaria qui ets i com te dius. ¿Per què, doncs, no has de ser el primer amic amb qui cloc algun tracte?

HOME PRIMER: Sí, sí! Trobo que tens raó.

HOME SEGON: A un estranger, no li ho diria. Vine a les hores de menjar i veuràs quina afluència de clients... i això que no faig propaganda. Vull que vinguis a l'hora de menjar.

HOME TERCER *(entrant)*: Què hi ha de bo?

HOME PRIMER: Hola, Fulgenci!

HOME TERCER: Hola! *(Sorprès per l'Home Segon.)* ¿Ets amic seu?

HOME PRIMER: I de bona mena!

HOME SEGON: Hola, Fulgenci Espeut.

HOME TERCER: Què tal? *(Encaixen.)* Què hi ha de bo?

HOME SEGON: Què podem ser d'en Valentí, sinó amics?

HOME PRIMER: Els favors que ens hem fet, oi, Felip?

HOME TERCER *(a l'Home Segon)*: Estic content de retrobar-te.

HOME SEGON *(a l'Home Tercer)*: Nosaltres dos tampoc no ens hem fet cap mal, oi?

HOME TERCER: No; ingratitud no.

HOME SEGON *(riu)*: Em plau de tornar-te a retenir les mans, Fulgenci Espeut.

HOME TERCER: Em dono.

HOME PRIMER: Així, ja us coneixíeu?

HOME SEGON: Hem fet i farem, oi, Fulgenci?

HOME TERCER: Vaja, vaja...

HOME SEGON: Hem rigut molt, oi?

HOME TERCER: En altre temps.

HOME SEGON: No gaire, no gaire.

HOME PRIMER: És petit el món, com hi ha món.

HOME TERCER *(a l'Home Segon)*: No se m'acudiria pas mai de demanar qui ets.

HOME SEGON *(riu)*: Me'n faig cabal!

HOME TERCER: De quin país ets?

HOME SEGON *(rient)*: Calla, calla... *(Li dóna cops a l'esquena.)*

HOME PRIMER: Que sortíeu a passejar?

HOME SEGON: Jo vivia en un carrer amb dos terrenys a cada banda coronats per un turó quadrat, amb arbres plantats.

HOME PRIMER: Quadrada també es fa la immensitat dels somnis d'Arromoc.

HOME TERCER: Ningú que no et conegués no et podria imaginar llegint manuals de mitologia.

HOME SEGON: Ben respost.

HOME TERCER: ¿Has escoltat la seva amistat amb els déus i les deesses?

HOME SEGON: Sí; no li ha estat possible de rebaixar-me res. *(Riu.)*

HOME PRIMER: Amb en Felip la fem petar ben clarament.

HOME SEGON: Amistat a copes plenes. *(Agafa una gavardina.)*

HOME PRIMER: Ja te'n vas?

HOME SEGON: Sí. Recorda't d'allò que t'he encomanat. Un ocell, el millor que pots fer és caçar-lo.

HOME PRIMER: Gràcies pels bons serveis, Felip.

HOME SEGON: A reveure, Fulgenci. Et saludo.

HOME TERCER: M'alegro que hagis arribat bé.

HOME SEGON: I jo et desitjo bona salut. Adéu-siau tots.

HOME TERCER: De lluny estant.

HOME PRIMER: A reveure, Felip!

HOME SEGON *(sortint)*: M'hi fixaré!

HOME TERCER *(pausa)*: Aquest noi no té gaire bon aspecte.

HOME PRIMER: Per què?

HOME TERCER: T'és amic avinent?

HOME PRIMER: Tornem de les cerimònies.

HOME TERCER: Ell se situa al teu costat, oi?

HOME PRIMER: Per què, Fulgenci? Feia temps que no venia.

HOME TERCER: Ell, al davant.

HOME PRIMER: Com?

HOME TERCER: Parlem del comerç, ja que hem posat el peu en aquest domini tan vast i variat. En Felip, en altres temps, va fer ús de les meves experiències i dels meus consells. Ara ja no.

HOME PRIMER: Ah, sí?

HOME TERCER: Va obrir una fonda. Jo hi anava a menjar fins que vaig saber el seu paper.

HOME PRIMER: Faré una bona compra i ha estat molt amable.

HOME TERCER: No em diguis que l'has comprada!

HOME PRIMER: Per què ho dius?

HOME TERCER: M'ho pensava. Sàpigues que és un establiment de mala mort.

HOME PRIMER *(para de triar les pomes)*: Ell m'ha convençut amb altres raons al terme d'un bon negoci.

HOME TERCER: Com i on? Combina una forma de vals per atreure la parròquia, llavors dóna la mà a tothom i aconsegueix una bona concurrència de clients. Alguns sabem que és així. A la xifra de negocis fets no figura la propaganda, ni les primes, ni les comissions. Això és el que ha portat prop seu i ara deu haver arribat el moment oportú per traspassar a la banda excel·lent del seu "negoci". Així, ben de pressa.

HOME PRIMER: Però...

HOME TERCER: És massa.

HOME PRIMER: En efecte, he vist que insistia.

HOME TERCER: Però tu no has fet el que t'ha dit.

HOME PRIMER: Si que és de plànyer.

HOME TERCER: No, Valentí.

HOME PRIMER: Com és la gent...

HOME TERCER: Es reprodueix allò que et dic sempre.

HOME PRIMER: Per què rebolcar-se tant?

HOME TERCER: Ho preguntes?

HOME PRIMER: No hi haurà res de debò?

HOME TERCER: Ningú no té ganes de perdre.

HOME PRIMER: Es trenca el fil de l'estel.

HOME TERCER: Ningú, en l'alegria o en la pena, no té el desinterès que tu sents.

HOME PRIMER: Que lluny són la neu, els torrents i les muntanyes!

HOME TERCER: Ah, sí!

HOME PRIMER: L'amistat és un benefici, però tothom viu ficat dins.

HOME TERCER: Pocs ecos, pocs ecos.

HOME PRIMER: Recordo aquell tros, quan els déus asseguts al voltant d'un arbre contemplen la nit profunda.

HOME TERCER: Avui no intentis, amic, de fundar res.

HOME PRIMER: Quan Arromoc passeja el seu fanal brillant per les herbes i afirma la vida. ¿No és aquesta una bona raó de ser?

HOME TERCER: En efecte, algun reflex es conserva.

HOME PRIMER: Vella parella, el món i nosaltres.

HOME TERCER: Vet aquí els mots.

HOME PRIMER: A mi no em toca d'armar cap parany.

HOME TERCER: I jo m'associo al teu parlar, però hi ha gent de tots colors. Els déus són, certament, tafaners d'estranyes invencions.

HOME PRIMER: El sol no pot avançar; però, encara que hi hagi boira i neu als flancs de les muntanyes, ell ha d'existir sempre i donar la mà a nous cels.

HOME TERCER: Doncs jo crec que tot és compacte i que són ben inútils les obres.

HOME PRIMER: Idrac tenia els ulls brillants i la terra era deserta.

HOME TERCER: Sí, Valentí.

HOME PRIMER: Vaig fent. *(Torna a treballar.)*

HOME TERCER: Jo sé que tot serà possible, temps a venir.

HOME PRIMER: Amb aquests treballs n'hi ha prou.

HOME TERCER: Aquesta nit hi ha reunió al casal.

HOME PRIMER: Tal és el meu consell.

HOME TERCER: Sembla que han ingressat alguns companys.

HOME PRIMER: Sí? *(Para de treballar.)* Això ho contrapesa tot, Fulgenci.

HOME TERCER *(somriu)*: Oi que sí?

HOME PRIMER *(es posa a treballar).*

TELÓ

ACTE SEGON

Cortina vermella. Tots els personatges que intervenen en aquest acte van amb vestits del segle XVI. En escena, quatre NOIS. *El* PRIMER *s'està dret a primer terme. Els altres tres busquen alguna cosa amagada.*

NOI PRIMER *(és el més gran; al Segon)*: Tu ja et cremes.

NOI SEGON: Això és massa gran.

NOI PRIMER *(al Tercer)*: Tu ja et cremes més.

NOI TERCER: Com més som a jugar, pitjor.

NOI QUART *(és el més petit)*: I jo?

NOI PRIMER: Més que fer d'àngel, Lluís, fas de cap de serp.

NOI QUART: Renoi!

NOI PRIMER: Tant com saltes, després t'has d'ajupir.

NOI SEGON: Un bon començament...

NOI TERCER: A les vuit, el dinar és cuit.

NOI PRIMER: Jo, ja he mirat d'amagar-lo. Ara sou vosaltres...

NOI QUART: Cada vegada hem d'aixecar més el cos.

NOI SEGON: Tots ja hem saltat.

NOI TERCER: No la trobo ni la tinc.

NOI SEGON: En aquest joc hauríem de poder mirar.

NOI QUART: Ni pa ni vi.

NOI TERCER *(al Quart)*: Ajuda'm a trobar-la.

NOI PRIMER: No et cremes; ja no et cremes tant.

NOI TERCER *(es fa cap a una altra banda)*: ¿D'aquí estant ho puc fer?

Noi Primer: Ja no et cremes tant; encara et cremes més poc.

Noi Segon: I jo?

Noi Primer: No et cremes tant; no et cremes tant com en aixecar-se el teló.

Noi Segon: És que eren els altres que han començat per la cua.

Noi Primer: No et cremes; t'ho asseguro.

Noi Quart: D'un a un, vejam qui l'endevina.

Noi Primer: Tampoc no et cremes, Lluís. No ho puc indicar més dient-ho.

Noi Tercer: Estic bé en aquest lloc?

Noi Primer: Res, ja.

Noi Quart *(al Tercer)*: T'arracones.

Noi Segon: M'hi acosto?

Noi Quart: Ni un.

Noi Tercer: Vaja, no en tasto gota...

Noi Primer: Quin cas que n'hi ha!

Noi Segon: Això ja sembla aquell altre joc: acostes cosa bona per menjar a la boca d'un altre i, quan obre la boca, la hi passes pel nas.

Noi Primer: Lluís, ara et cremes; ja et cremes més; vés i continua.

Noi Quart: I ara? Si tenies un mocador, el deixaries anar?

Noi Primer: T'asseguro que te'l tornaria.

Noi Quart: Però d'on?

Noi Primer: Ja no dic tant.

Noi Quart *(assenyalant)*: Allí em cremava?

Noi Segon: La veritat, els dies de pluja no em plauen gaire.

Noi Primer *(al Quart)*: Sí, allí et cremaves.

Noi Tercer *(assenyalant)*: Jo em cremava allí.

Noi Primer: Recordeu que hi ha amagada una cosa per a cadascú de vosaltres.

Noi Segon: La meva has dit que era aquí, però no la trobo.

Noi Tercer: I la meva allí.

Noi Quart: I la meva allí.

Noi Segon: No sé pas on del món trobar-ho.

Noi Primer: Encara que vulguis anar al fons del mar...

Noi Tercer: Què hem de fer?

Noi Segon: La meva era allí.

NOI TERCER: I la meva allí.

NOI QUART: I la meva allí.

NOI SEGON: Busquem més coses que déus hi ha al cel.

NOI PRIMER: No havíem quedat de fer-ho així? Cadascú que busqui la cosa que li pertoca. Hi ha tantes coses amagades com jugadors. Hi ha tantes coses, sabeu?, com jugadors disposats a buscar-les.

NOI QUART: Sí, sí, sí, tots som amics.

NOI PRIMER: Lluís: de seguida t'exaltes.

NOI SEGON *(al Primer)*: ¿Però no deies que el qui primer es queda sense lloc és el qui s'ha d'amagar?

NOI PRIMER: Sí; per això l'habilitat del qui para consisteix a anar espiant ben bé els moviments per tal que no puguin ser canviats.

NOI SEGON: Ja ho comprenc: que no puguin canviar mai els uns als llocs dels altres.

NOI PRIMER: No és al gust del qui juga que cal fer això.

NOI QUART: La virtut esclafa les balances.

NOI PRIMER: Tu sempre hi has de dir la teva, Lluís.

NOI SEGON: Sabeu? Sóc del parer que, si encara plou, de tant córrer amunt i avall planyent-nos, ens cansarem més que si haguéssim anat a fora.

NOI TERCER: Jo mai no em proposaria d'escriure un llibre de viatges.

NOI QUART: Jo, quan miro la bossa del meu pare i veig que jo vaig tan eixut, penso que per què estem a la ciutat.

NOI SEGON: La meva mare sempre em diu: "Aquí tens el raspall, aquí tens el raspall."

NOI PRIMER *(riu)*: Apa: aneu posant-vos un darrera l'altre.

NOI SEGON: Som pocs per jugar a la serp. Vull dir que una serp poc llarga no és divertida.

NOI QUART: I jo, amb la butxaca buida.

NOI TERCER: A mi m'agrada començar per la cua.

NOI QUART: A mi, fer d'àngel.

NOI SEGON *(al Tercer)*: A tu t'agrada començar per la cua?

NOI PRIMER: L'habilitat del dimoni consisteix a defensar-se bé, perquè no li prenguin cap de les ànimes que té presoneres.

NOI SEGON: I el qui fa d'àngel, en canvi, ha de saber anar-les-hi prenent fins a deixar-lo tot sol.

NOI TERCER: Jo sempre faig el que em diuen i menjo el que em donen. I procuro de no fer mal a ningú.

NOI PRIMER: I tu, Lluís?

NOI QUART: A mi m'agrada fer d'àngel.

NOI SEGON: Així, en el joc de la serp, t'has de posar al davant del qui fa de cap de la serp. *(Al Tercer.)* El cap és el qui mana.

NOI TERCER: Sí, ja ho sé; ja ho sé; però, què vols que et digui! A mi m'agrada començar per la cua.

NOI PRIMER: ¿No dius que sempre fas el que et diuen i menges el que et donen?

NOI TERCER: Sí, sí; encara que no pugui prendre cap ànima al dimoni.

NOI QUART: I jo no puc anar més eixut del que vaig.

NOI PRIMER: Sempre surts amb la teva butxaca buida, Lluís...

NOI QUART: Quan veig els convidats que es passegen...

NOI TERCER: No em proposaré escriure mai cap llibre de viatges.

NOI SEGON: Si compareixo massa d'hora a casa, ja em dóna el raspall...

NOI PRIMER: Així, no voleu, doncs, jugar a la serp?

TOTS: No!

NOI PRIMER: Entès: no sóc sord. Continuem amb el joc d'amagar una cosa però vigilant bé que els altres no ho vegin.

NOI SEGON: Valdria més que ens en tornéssim.

NOI PRIMER: Fa mal temps.

NOI QUART: Rau, rau, rau,
la masovera se'n va al mercat:
el dilluns compra pruns,
el dimarts compra naps.

NOI PRIMER: Lluís, sempre parles dels convidats.

NOI TERCER: Sóc del parer que algú vagi a veure si encara fa mal temps.

NOI SEGON: Jo, jo hi torno! *(Surt de pressa.)*

NOI PRIMER: El qui afluixa ha d'estirar i el qui estira ha d'afluixar.

NOI QUART: Això és equivocar-se.

NOI TERCER: I pagues penyora?

Noi Quart: ¿Qui de vosaltres pot estirar més les orelles a l'altre?

Noi Primer *(estira les orelles al Noi Tercer, que es defensa; això motiva que intenti d'estirar-les al Noi Quart)*: Digues, gat, que t'estiri...

Noi Tercer *(ataca el Primer per darrera i li estira les orelles)*: Si ets tan viu, també hi pots jugar!

Noi Primer: Ui! *(Copeja el Tercer mentre el Quart li va per darrera i li estira les orelles.)* Ui!

Noi Quart: Apa, apa, apa!

Noi Primer *(fuig empaitat pels altres dos)*: A polir-se dalt d'un pi... *(Fan dues voltes per l'escena.)*

Noi Segon *(arriba)*: Pareu-vos tots! Jo us ho diré bé. Reuniu-vos en una banda. *(Tots s'aturen.)* Ja ha acabat de ploure. Anem a la plaça i no tornem a començar amb tot allò dels escarabats.

Noi Tercer: Per què no anem riera avall?

Noi Quart: No, no; jo tinc feina... *(Surten el Segon, el Tercer i el Quart de pressa.)*

Noi Primer: Ningú no s'ha acostat a les coses que hi havia amagades. *(Els segueix a poc a poc. Es descorre la cortina vermella. Fons negre. Una Noia es mira fixament en un mirall de mà. Duu roba blava. Pausa llarga.)*

Noia *(sempre al mirall)*: Com tu, com tu són les paraules. Tu, la lluna al meu pedestal. Imposar damunt la terra una presència real. ¿A quin vas està destinada la teva aigua? El pedestal d'una dona, la lluna, la seva casa aèria; el seu ventre, la seva casa de terra. Quina mirada més viva! La imatge absoluta de l'harmonia. La claredat de la mirada. La gràcia dels llavis i els ulls. Adoro el color blanc: adoro el color blanc. ¿N'hi ha mil com jo en tot Itàlia? Però també tinc les meves alternatives. Ara ho faig. Si sento que parlen d'una altra, dic: ¿Que no sóc més bonica, jo? Sí, sí, molt més. Tu m'enraones. M'agrades pel sol fet d'haver de tractar amb tu. Oi que sí? Què, però? Qui ho és més que jo? Jo mateixa. El que fas és enraonar-me. El que em manes ho escolto bé. És igual: ja vinc i t'ho ensenyo. ¿Oi que no n'hi ha cap que se'm pugui comparar? En vols una, de fruita? ¿Que em coneixes? Ara, en ser-hi a la vora. Sí, té: veuràs que és bo! (*Besa el mirall.*) I que te'n pots fiar. Jo no cuso darrera les reixes. I no em recordes res més? Surt a poc a poc, que ja recobro els colors. Sí que miro aquesta cara. ¿Què està a punt, a punt de sortir-te de la boca? No sóc lletja, que sóc bonica, i ben bonica. ¿Oi que no n'hi ha cap altra que se'm pugui comparar? No, no vull acabar d'estar amb mi. Un dia em dius: "Si fa no fa, com totes les altres." No, no duc cap pinta clavada, si és que em preguntes qui és que m'ha clavat la pinta. Perquè t'ho conec, jo et busco. Tinc frisança, tinc frisança de veure't. En efecte, m'obres una porta i em trobo jo davant. Cal que tot m'ho diguis. Oh! I jo que m'hi assembli. T'ho penses que sóc així? No sóc pas més bonica davant meu i parlant de tu. Més val, més val que tot m'ho diguis. ¿No dius que em posi davant teu? Acosta't una mica i torna a despertar-me. Ja veuràs quina bondat! Voldries que em pogués fiar de tu? Quan entro i sé què tens no perdo l'esperança. De vegades encara trauria aquella nina amb ressort i deixaria anar la molla per donar-li tota l'extensió que ha de tenir. Tot jugant, ja vaig anar veient quin cabell em sortia... Tanta importància dono al cabell, que poques vegades faria el sacrifici de tallar-me'l. ¿Haig d'aixecar-lo cap al darrera? Haig de fixar-me'l amb nusos? ¿Haig d'aixafar-me'l i m'ha de caure damunt el front, galtes i espatlles? Digue'm: ¿veus en els cabells arrissats la malícia del dimoni? I les celles semblen dues pinzellades. Oi que no són dèbils i petites? ¿Oi que tinc les orelles ben formades i boniques? Ni gaire grans, ni gaire petites, ni gaire estretes, ni gaire rodones, ni vermelles, ni descolorides. Em dius que el clotet que en el moment de riure se'm forma a la galta té molta gràcia. Riure és fer un moviment de la cara acompanyat d'uns sorolls del pit i de la gola. Plorar és vessar llàgrimes per algun dolor i despertar compassió. ¿Qui va comparar aquesta boca amb una flor? Digue'm: ¿i l'eterna discussió sobre els ulls negres i els blaus? Les celles boniques tenen un color negre i brillant, espès i sedós; la separació ben marcada i la direcció seguint una ratlla arquejada; els extrems, mira, han de ser així: l'un gruixut i rodó, i l'altre ha d'acabar en punta afilada. Veus? Tot m'ho marcaràs d'ara endavant. T'agraden els mots que faig servir? ¿Els pronuncio prou amorosament? Mira'm, mira'm fixament als ulls i dirigeix-me la paraula. El front, ample; les celles, aixecades cap al mig; els ulls, brillants; els forats del nas, dilatats; i l'arc de la boca, estès, aixecant-se de les puntes; les galtes, rodones; i els llavis, vermells. Només amb flors naturals m'adorno el cabell. I la pasta d'ametlles per suavitzar la pell: ametlles amargues, farina d'arròs i pols de lliri. Primer, les ametlles en un morter amb unes gotes d'aigua; després la farina d'arròs i el lliri, ben triturat, set gotes d'essència de tarongina i set gotes d'extracte de gessamí. És tot el que trio per perfumar, en un cas com el meu. L'anell és una rodona sense principi i sense fi. Sempre m'emociono, saps?, quan veig un niu. ¿De quina manera els ocells aconsegueixen de construir una cosa tan delicada? ¿Qui et va dir que va veure un niu d'orenetes construïт dins una sabata? ¿Com aconsegueixen, els ocells, de cosir les fulles? Oi que no hi ha res de tan bonic com un casament? Què treballa darrera aquest front? I els homes que no haig de rebutjar. Les serpents fugen de les fulles de roure i, si les poses dins un cercle fet d'aquestes fulles, es queden immòbils. ¿Però no deia la interpretació que m'havia d'escapar? Somiar uns daus vol dir que, malgrat oposar els mitjans més eficaços per aconseguir una pretensió, tothom en surt enganyat. Sempre a tots i a ningú les advertències toquen. Dormen, dormen les sibil·les. No et vull tocar, perquè et taparies i no veuria res de tu. Bufar damunt la lluna, sí que puc... Així... ¿O què em dius més? Et voldria tot de metall, la lluna i tot. Els patriarques i els profetes duien una barba llarga. Hi ha taques de naixença que són inguaribles. A mi em van punxar el braç damunt una taca. Ara hi tinc una cicatriu blanca. Però, ¿oi que la forma que té la meva cara és la més bonica? Veig la perfecció en els teus ulls, ben allargats. Ah! Tancada vaig sota el pit mateix, amb les mànigues retallades i vorejades de fistonets. Les faldilles, tot allargant-se, formen llarga cua. També tinc cossets que porto damunt camises de mànigues llargues, i tinc faldilles de domàs amb llaços de cinta; i també vestits de cossos escotats, amb les mànigues folrades de pell. Pel carrer, el cabell, em queda molt amagat dins la còfia. La moda dura, la moda dura. Moltes vegades he sentit que enraonaven de l'escot que duc a l'esquena. Ni tancant la porta, saps?, els homes marxen. No fan per mi els vels transparents que pengen davant els ulls. ¿Oi que el meu calçat t'agrada? Jo sóc honesta, però, no em vull veure privada de pells a l'hivern i seda a l'estiu. Ja en parlarem una altra estona. Qui sap! Dono importància a les coses i et contesto. Al teu davant, el contrari del que et dic també és veritat. Tu vals més que la paraula. En lloc de la teva cara, en veig una multitud. Veig el rostre d'un... Veig la cara de... Veig els cossos de... Veig els caps de... *(Aparta els ulls del mirall.)* Aniré al jardí a buscar una rosa; n'escolliré una de ben acolorida, però sense tocar-la. També això: set cabells, els nuaré amb set nusos, i em posaré aquesta cadeneta de cabell al puny esquerra. *(Surt per l'esquerra. Pausa. Es descorre la cortina negra. Fons verd. En escena, Tomàs i Agustí.)*

TOMÀS: En Jeroni ha caigut de molt amunt. Davant d'ells no ho havia de fer. I si per cas, amb molt de respecte.

AGUSTÍ: Però què tenen al cap?

TOMÀS: En Jeroni ho havia d'entendre una mica més.

AGUSTÍ: Tu coneixes el tribunal. Explica com opera en Jeroni amb les seves fantasies. Malgrat les aparences dels seus jocs, no té cap pacte amb el dimoni. Tu saps bé com ho fa.

TOMÀS: Diuen que és un enemic de la naturalesa. L'inquisidor general és cert que no es mourà. El món no és pas fet així.

AGUSTÍ: Tot és producte de l'habilitat de les seves mans. Enganya la gent perquè ignoren com fa el joc.

TOMÀS: Li parlaré, així que pugui. Li diré la meva posició justa. No és home que aixequi gaire la vista.

AGUSTÍ: Digue-li que tu també saps com fa aquests jocs o aparences.

TOMÀS: Els mots d'en Jeroni semblaven els d'un bruixot.

172   AGUSTÍ: Es queda a Roma?

TOMÀS: Vull dir que l'acompanyaré.

AGUSTÍ: El Sant Ofici ignora l'explicació d'aquestes fantasies.

TOMÀS: L'inquisidor general diu que això no li interessa.

AGUSTÍ: Què busques, Tomàs?

TOMÀS: No estan d'acord amb el concepte de l'Església.

AGUSTÍ: Fer aquests jocs és com fer una comèdia.

TOMÀS: Les persones nobles no ho practiquen.

AGUSTÍ: Quan serà l'entrevista?

TOMÀS: Ho faré de la manera més honorífica que pugui. El cardenal enraona molt de pressa.

AGUSTÍ: El condemnaran.

TOMÀS: Vaig donar paraula a en Jeroni de guardar el secret de com fa els seus jocs, però asseguraré públicament que ho fa sense intervenció del dimoni.

AGUSTÍ: És millor que revelis el secret.

TOMÀS: Vull saber primer l'última paraula.

AGUSTÍ: En això estem. Fes-te informar de seguida.

TOMÀS: És que primer ha de decidir el Sant Ofici.

AGUSTÍ: I la realitat dels fets? Jo crec que el cardenal t'escoltarà.

TOMÀS: Mentre no es conformi amb el seu centre tot anirà bé.

AGUSTÍ: Crec, ja t'ho he dit, que el fet de conèixer el tribunal et permetrà una mica més de llibertat.

TOMÀS: No sé com fer-ho compatible amb els consultors. Ja els veig davant meu asseguts i mirant-me.

AGUSTÍ: Però el tribunal amaga un cert ordre, oi?

TOMÀS: Però diu que diuen que, aquells exercicis, semblava que els feia pel poder del dimoni...

AGUSTÍ: Ells haurien de saber que era una broma. Hauria de ser motiu de llur coneixement.

TOMÀS: Després d'oir missa, ben aviat, provaré de trobar-lo. El Sant Ofici està escandalitzat.

AGUSTÍ: A més, aquesta mena de prestigis, els feia amb cartes de la casa del seu pare.

TOMÀS: En Jeroni és fill de gent senzilla. Ja veurem, ja veurem el veredicte. Ells saben tot el que cal saber sobre la màgia.

AGUSTÍ: Si els expliques com ho fa, no t'aixafaran pas les espatlles.

TOMÀS: Doncs no l'han cregut pas quan en Jeroni els ha

dit que les fantasies eren un producte de la seva habilitat. Les aparences vistes per ells no coincideixen. Deia l'un: "Semblava realment cosa de màgia." "Hi ha el perill de perdre's fàcilment", saltava un altre. I el primer deia: "Només hi ha el diable per inventar aquestes coses." Jo vaig sentir com ho deien.

IMELDA *(per l'esquerra)*: Hola, Agustí! Hola, Tomàs!

TOMÀS: Hola!

AGUSTÍ: Imelda.

IMELDA: Hi ha noves d'en Jeroni?

TOMÀS: La presó és una gran fortificació habitable; s'ajunten magatzems i estables en una sola massa de parets llises coronades de merlets. Hi ha una entrada sola que s'obre en un punt de difícil accés.

IMELDA: L'has vist al castell?

TOMÀS: Sí; no n'hi ha prou de voltar-lo de muralles.

IMELDA: Calia que el tanquessin?

TOMÀS: En sufragi de l'ànima els càstigs són aplicats.

IMELDA: És significatiu el seu cas?

AGUSTÍ: Quanta vigilància!

IMELDA: He pregat per ell des del banc de l'església.

TOMÀS: Exactament, aquesta és la tesi del Sant Ofici.

AGUSTÍ: L'aigua no va mai cap amunt.

IMELDA: Els motius de la seva detenció són ben baixos. Ni una petita estàtua no trobaran al jardí. En Jeroni fa els seus jocs de cartes, que en diu prestigis, com un altre inventa un mecanisme. Ell també és fill de l'Església. El vi surt dels raïms, oi?

TOMÀS: Però diuen que, en efecte, tot és començar.

IMELDA: Ell no ha estudiat la màgia. El pare Cristòfol es pot moure per totes les cases. On és la veritat?

AGUSTÍ: En aquest ball poc se'n parla.

IMELDA: I com està en Jeroni?

TOMÀS: No té gaire espai, però fa plans.

IMELDA: El meu cor el sent.

AGUSTÍ: Ten-ho secret. Hi ha tants de secretaris eclesiàstics...

TOMÀS: Som mortals i, els moments, no els encertem sempre.

IMELDA: El deixaran anar i escriurà un llibre per mi. Perdoneu-me, no tinc res per beure. ¿Heu vist els de la caputxa?

AGUSTÍ: Ahir van cremar una dona. Deixa tres petits.

IMELDA: Jo veig igual la lluna que els eclesiàstics i els monjos.

TOMÀS: Tots els qui agafa el Sant Ofici, els porten al castell.

AGUSTÍ: Havies de veure la plaça.

IMELDA: Pregaré a Déu amb tota la humilitat. Les estrelles estan en ordre.

AGUSTÍ: En canvi nosaltres no ho estem gens.

TOMÀS: Certs camins no són possibles.

AGUSTÍ: Però el papa seu còmodament entre els mapes.

IMELDA *(pausa)*: L'acusen de bruixot, oi?

TOMÀS: Sí, Imelda.

IMELDA: Ho comprenc. Ell executa tan bé els seus enginys. L'aparició de la carta, tan misteriosament girada a l'inrevés, fa sempre molt d'efecte. Igualment quan la carta que has escollit es queda damunt un plat. En efecte, sembla diabòlic.

AGUSTÍ: Adéu, Jeroni! *(A Tomàs.)* Només tu pots donar fe de la manera com opera aquestes fantasies.

IMELDA: Sí, Tomàs! Són pures aparences! En Jeroni és un fill de l'Església. La veritat s'imposarà. N'estic segura.

TOMÀS: Els monjos, el joc a què juguen molt són els escacs.

IMELDA: Un got d'aigua és un got amb un mirall. Bona gent que reuneix en Jeroni al seu voltant a les fires. Ningú no guanya mai. La vermella guanya. On és la vermella? Ensenya dues cartes negres i una de vermella, les posa a terra, una al costat de l'altra, i ningú no endevina on hi ha la carta vermella. Sempre és en un lloc diferent. Aquest és el fet. Aquí hi ha la negra, aquí la vermella i aquí la negra. Doncs no: aquí hi ha la negra, aquí la negra i aquí la vermella. Quina casualitat! El fet és que la carta vermella es troba en un lloc diferent.

AGUSTÍ: Això estaria bé si ho acompanyava amb citacions de la Bíblia a la boca.

IMELDA: El sol no pot ser aturat, Agustí.

AGUSTÍ: Ja sé, ja sé que en Jeroni no fa miracles.

IMELDA: I quina mena de miracles! Els cucs no es poden enfilar pas. Aquesta és la seva casa, i jo sóc la seva dona. Jo sé llegir el seu front.

AGUSTÍ: De tota manera, hi ha molta gent que no creu.

IMELDA: No sé pas si ho encerten.

TOMÀS: Si el món és una carnisseria...

IMELDA: Jo lamento, Tomàs, tots els conflictes.

TOMÀS: Déu ens sotmet a severes proves.

IMELDA: Tomàs, quan t'han d'interrogar?

AGUSTÍ: T'asseguro que jo parlaria tal com penso.

TOMÀS: Ca! Estic segur que demostraries debilitat.

AGUSTÍ: Jo?

IMELDA: Agustí: val més la fe que tenir dubtes.

AGUSTÍ: Amb això que dius, pesca'n un altre.

TOMÀS: No juguis amb els mots que et posen la corda al coll.

IMELDA *(s'assenyala el cor)*: Jo sé com comprimir el gel amb força. Aquí dins. Queixa't, si no t'atenen, Tomàs.

AGUSTÍ: Ja veureu el que faré per carnaval.

IMELDA: Els comediants, no tenen gana? Un plat a taula queda sempre. ¿Voleu olives i formatge? Digues a en Jeroni que pensi en mi. Li he d'ensenyar un vestit. De seguida el buscaré, quan surti.

TOMÀS: Però...

IMELDA: Déu vos guard! *(Surt per la dreta.)*

TOMÀS: La Imelda té tanta confiança en la terra com en el cel. Jo encara ho haig de veure i arrencar a preguntar-me si de debò tinc la raó. La Imelda està ben lligada a la seva roba.

AGUSTÍ: Sí...

TOMÀS: Els primers intents, cal fer-los sempre seguint receptes. Els manuscrits són ben importants en la carrera de cadascun de nosaltres.

AGUSTÍ: Així i tot hi ha moltes dificultats.

TOMÀS: Jo no estic pas interessat en una sola mena de coneixença.

AGUSTÍ: I quin és el secret?

TOMÀS: D'això, no en sabem res. Els llibres semblen proposar coses d'una manera evident. De vegades, en una hora, et pots instruir molt i a bon dret.

AGUSTÍ: És possible, és ben possible.

TOMÀS: Et podria donar una llista llarga de noms. Hi ha gent que escriu i hi ha gent que practica. N'hi ha d'honrats i d'altres no. No sé fins on els mètodes antics poden ser interpretats. Tots els homes del món només tenen un sol cap. I l'aigua més blanca passa per mans d'una infinitat de gent. Hi ha llibres plens de figures, perfectament il·luminats, però sense cap escrit.

AGUSTÍ: Ja, ja.

TOMÀS: Jo sempre compleixo els meus vots. Sóc aquí.

AGUSTÍ: I trobes allò que desitges?

TOMÀS: Quants de tresors posseïm, tenint l'enteniment!

AGUSTÍ: Comprenc bé els teus mots.

TOMÀS: El que és jo, no vull pas decidir, sinó executar.

AGUSTÍ: A cada home n'hi omplen el cap, d'això.

TOMÀS: En el futur, la gota no caurà en un sol costat. Sempre ets al principi, per molt vell que arribis a ser. La veritat és que només podem saber una part de les coses. Fa l'efecte. El món que veus és una manera de pensar. *És,* realment?

AGUSTÍ: Jo crec, sapigues-ho, que omple fins els racons més estrets.

TOMÀS: Sovint ataques les meves doctrines.

AGUSTÍ: No hi ha doctrines pures: hi ets tu, de carn i ossos. A dins i a fora tot és el mateix.

TOMÀS: Tu escrius negre damunt blanc.

AGUSTÍ: No hi ha consol que valgui! Viva és l'aventura "en actes"!

TOMÀS: No relaciono la doctrina.

AGUSTÍ: Tomàs: mira que moltes coses hi ha ben inhumanes.

TOMÀS: Per Déu són reparables.

AGUSTÍ: Això que dius, ho considero com una injúria personal. El combat ha de ser real. La filosofia no existeix sinó al teu cervell.

TOMÀS: Ets un heretge.

AGUSTÍ: No és un mot gaire cregut.

TOMÀS: Et poses la soga al coll...

AGUSTÍ: I tu et presentes davant meu amb les mans buides.

> *(Se'n van per l'esquerra, mentre es tanca la cortina negra. Pausa. Es clou la cortina vermella. Pausa.)*

TELÓ

ACTE TERCER

Cortina blanca. La MULLER *seu cosint. Pausa.*

MARIT *(arriba molt eufòric*: Salut, Vicenta!

MULLER: Ets tu? Salut, Emeri.

MARIT: Ja està.

MULLER: Vejam, què? Quina cosa, si et plau? I doncs, què vols?

MARIT: Per fi ja estic en disposició. Em vols escoltar?

MULLER: On, on ets?

MARIT: Sé com venceré el drac.

MULLER: Com venceràs el drac?

MARIT: Acabaré d'informar-te.

MULLER: Digues.

MARIT: Veuràs...

MULLER: Ja era hora.

MARIT *(es treu l'americana)*: He tingut curiositat d'amidar algun dels arbres destrossats. Tenien molta alçada. He pensat si fa no fa això. Les altres observacions que recordo són principalment fotografies i dibuixos de la bèstia, segons els elements de què disposaven. Doncs mira, ja s'hi pot tirar un grapat de fang. Ara resulten inútils, ja que tot ha canviat. Disposem de dues torres construïdes a cada banda; són fetes d'una armadura molt consistent i al centre funciona un elevador.

MULLER *(tot cosint)*: Vaja, com un ast per aguantar una olla...

MARIT: No pas per a mi. Tot això és per arribar millor a

les entranyes del drac. De la part de dalt surten dos cables que van a parar a les bases respectives de les torres que t'he dit. Els cables es mantindran tibants per l'acció d'uns contrapesos que compensaran tota alteració que per qualsevol causa pugui experimentar el cable en la seva llargada. Serà anul·lada també tota pressió lateral a les torres, fent, al contrari, pressió cap avall. El vent no s'ha d'emportar cap sostre.

MULLER: El vent?

MARIT: No és una ventada, sinó el drac de mida gegantina. Com saps, té unes dents molt refilades i una llengua que punxa com una espasa.

MULLER: I les ales?

MARIT: Són immenses i poden provocar una tempestat.

MULLER: I què més?

MARIT: També es tira pel mar a nedar. Per gran que sigui, jo no vull demanar ajuda per combatre'l. El cas és aconseguir que es vagi dessagnant i vagi perdent força. No sóc partidari d'envestir la fera de terra estant. La bèstia es tira al damunt de qui s'hi encara. Aquest és el cas. Sempre espera d'omplir-se la panxa.

MULLER: Aquest és el cas.

MARIT: Un drac mig ferit encara pot volar.

MULLER: I per què no te li agafes en una de les potes, i nyac?

MARIT: Cal que pugui arribar al mig del cos. En el millor dels casos, el drac fugiria tot bramant amb gran luxe de trons i llamps.

MULLER: Però, si es dessagnava i perdia força, com dius, el cos ja no fóra tan fort.

MARIT: La veritat, no sabria pas com envestir-lo.

MULLER: Si et feies com una petita barraca plena d'armes per totes bandes...

MARIT: Ca! No perdria la força i no es deixaria acostar.

MULLER: Si t'hi llançaves al damunt i el feries amb les moltes armes...

MARIT: Passaria el que jo em temo fa temps. No. Jo vull emprendre pel meu compte la batalla amb el drac.

MULLER: Per què?

MARIT: Perquè jo aconseguiré matar-lo. Vaja: fixa-t'hi. Quan ell hagi arribat a la part més elevada de la torre, els cables tornaran a ocupar la posició normal, de manera que, en baixar de l'elevador, descansarà en els cables que sostenen la torre. Una vagoneta baixarà després per l'acció de la gravetat fins a la torre oposada.

MULLER: I no hi adaptaràs cap serpentina?

MARIT: Què t'agafa, de riure-te'n?

MULLER: Una serpentina unida per les seves puntes a una bomba.

MARIT: Tot el que t'he dit jo són coses serioses. La base serà de ciment. Hem de comptar que l'animal es defensarà sempre amb tota la força.

MULLER: I així penses de fer-lo caure amb facilitat?

MARIT: Hi ha moltes figures de dracs; hi ha molts ninots d'aquesta mena, amb un gran espetec de coets. I no sabem si molts dels costums d'ara han estat imitats d'aquests animals. Em fa por que sí. Diuen que la pell dels dracs és terrible. Però jo et dic sempre que no els crec impossibles de vèncer.

MULLER: Em defineixes un bon drac.

MARIT: Sí, Vicenta, no et courà d'haver-me sentit.

MULLER: A mi, no m'ofenen les petxines.

MARIT: Ja no hi ha res a fer amb cap espasa.

MULLER: És clar.

MARIT: Doncs de què es tracta?

MULLER: Per què?

MARIT: Ja es veu: el drac farà de pastura als peixos. O potser el faré penjar. Jo em deixaré créixer els cabells.

MULLER: Emeri, no parlis a batzegades.

MARIT: Què? Deixant a part aquestes disposicions especials, hauré d'exercitar-me força en l'esgrima, en l'atac ràpid; hauré de dar-li fortes burxades, si per cas l'agafo per una de les potes, com tu dius, quan baixi de les torres. Al drac, en lloc de collar, li posaré una tuberia. I cargolaré ben fort els cargols mentre hi hagi tensió a la tuberia. Si en fa, de temps, que me n'ocupo! No cal intentar res amb unes forques o a cops de puny.

MULLER: Però, ja saps com trobar, i on, una bèstia d'aquestes?

DONA PRIMERA *(entra)*: Ei! No hi ha ningú aquí dins?

MULLER: Hola, Satúrnia!

DONA PRIMERA: Doncs toco la porta.

MARIT: Hola, Satúrnia!

DONA PRIMERA: Mira aquest aquí. *(Al Marit.)* Vigiles també?

MARIT: No veieu que no m'embarco?

DONA PRIMERA: Fas de sentinella?

MARIT: Vós sí que no sembleu pas corrompuda.

DONA PRIMERA: Salut, Emeri.

MARIT: Sí; perquè n'hi ha de negres.

DONA PRIMERA: Tu diràs, oi? Oi, Vicenta? I com cuses; sembla que acaparis l'ofici.

MULLER *(per la roba)*: Procuro que sigui aquí aviat.

DONA PRIMERA: Has augmentat les faldilles? De moment veig que te les has escurçades.

MULLER: Tu, Satúrnia, a totes ens ho dius.

DONA PRIMERA: Oh, si és més aviat així que es va a la moda. Oi, Emeri?

MULLER: Entès, entès.

DONA PRIMERA: Fes sempre el que ella et demani. Pocs dies tenim destinats a viure. *(A la Muller.)* ¿Que no et recordes del que m'has promès?

MULLER: Què? La sal per preparar el sopar?

DONA PRIMERA: Bah! Jo sóc una dona vídua.

MARIT: I que som parents...

DONA PRIMERA *(a la Muller)*: ¿No et recordes que em vas dir que m'ensenyaries a tocar el piano?; ¿que m'indicaries la manera d'accionar els dits per les tecles?; ¿i que m'ensenyaries d'afinar les cordes que hi ha posades dins una caixa? Ho vols, ara?

MULLER: Et torno a saludar, Satúrnia; però em reclamen aquests penjolls. *(Per la roba.)* Tot és tolerat, quan s'empolainen d'aquesta manera. Ara tornen a ser moda els enagos emmidonats i una sens fi de flocs i de llaços; els cossos estrets, ajustats, i les mànigues també estretes. Moltes millores queden espatllades amb això que ara presenten. Al mateix temps també duen faldilles rectes.

DONA PRIMERA: I no em podries descriure un ball?

MULLER: T'enredes com jo vaig. *(Pel Marit.)* Mira com calla aquest.

MARIT: Tots som de naixença lliure, oi?

DONA PRIMERA: Una polca, un xotis o una masurca. Ah! I el pas de la polca es feia amb el peu esquerre i amb un salt damunt el mateix peu. *(Ho fa.)*

MARIT: Ens tractes amicalment, Satúrnia.

DONA PRIMERA *(fa un altre pas de polca)*: Cada estació de tren marca un progrés.

MULLER: Uf! *(Enfila l'agulla.)* En polsar una tecla, Satúrnia, un martellet pica la corda que correspon i produeix un soroll.

DONA PRIMERA: És ben enginyós el mecanisme.

MULLER: En això no han marcat cap progrés. Quan no tingui feina estaré per tu.

DONA PRIMERA: Sí o no?

MULLER: Aniré a casa teva.

DONA PRIMERA: I afinarem el piano.

MARIT: I tornareu a parlar de coses parlades.

DONA PRIMERA: Els homes us feu la il·lusió que podeu guanyar sempre.

MULLER: No vulguis indagar, Satúrnia, el que fan els homes.

DONA PRIMERA: El meu té el nom escrit al nínxol. És a la ciutat del cel. Per ell ja no passo ànsia. Torno a jutjar-lo i veig que no era un malvat. S'ho feia tot a la finestra; mai no anava bé de ventre. Ui! ¿Oi que us vaig enviar una esquela? La seva vida prou va millor ara! Ara que hi penso, Emeri, m'has de venir a fer un corral. Vull posar coloms.

MARIT: Tot seguit que hagi tornat.

DONA PRIMERA: Què?

MULLER: Ja ho farà, Satúrnia. Per força no arrenquen a volar les orenetes.

DONA PRIMERA: Vaig a tirar-la al foc i a deixar mig feta l'escudella. I recorda't que em vas dir que el piano és un instrument de corda.

MULLER: I t'agafaré sobres per unes quantes cartes.

DONA PRIMERA: Perfectament ho classifico.

MULLER: Bona vella.

DONA PRIMERA: Ho vull tocar, encara que només ho provi.

MARIT: Satúrnia, teniu idea d'on hi ha un drac?

DONA PRIMERA: Un drac? Tens talent, brètol!

MARIT: Un gran drac.

DONA PRIMERA: No! Tant fóra el meu espant, que arrencaria a córrer.

MULLER: Vés-te'n tranquil·la, Satúrnia.

DONA PRIMERA *(tornant-se'n)*: ¿T'ocuparàs del galliner, Emeri?

MULLER: Vés-te'n tranquil·la.

DONA PRIMERA: Gràcies! *(Surt.)*

MULLER: Ja te'l donaré jo, el drac!

MARIT: Has sentit? M'ha dit que tenia talent.

MULLER: Pels déus! Devia ser un joc de paraules.

MARIT: Un drac cepat; no l'ha pas vist.

MULLER: Veus com no sabia de què li parlaves?

MARIT: És que a aquesta la vida li va bé.

MULLER: Tal com té per costum la vida.

MARIT: No cridis el mal temps, Vicenta.

MULLER: Si sabies de cosir em podries ajudar.

MARIT: Prou que m'explico, si m'escoltessis.

MULLER *(pel que cus)*: No t'agrada?

MARIT *(li fa una festa)*: Ah! Tu i jo, Vicenta, sempre estem abraçats.

MULLER *(li besa la mà)*: Sí, santuari meu.

MARIT: D'aquí estant, jo et defenso. Jo hauria estat popularíssim a l'Edat Mitjana.

MULLER: El món, el cullo a la teva cara.

MARIT: Indagues bé, Vicenta.

MULLER: No hem d'arrencar ni una teula de la teulada, ¿em sents?

MARIT: A tot et dic que sí.

MULLER: Però ara m'haig d'afanyar. *(Torna a cosir.)*

MARIT: Vull donar un cop d'ull per aquí. *(Surt per la dreta. Reapareix amb uns binocles; els gradua i mira atentament en direcció al públic.)* Quin espectacle! A baix, estanys en una banda; a l'altra, un bosc i, a dreta i a esquerra, muntanyes i més muntanyes. Sense cap ratlla enlloc, sense fronteres. Jo ho veig ben bé d'aquí estant. *(Tot anant fixant els binocles a diferents indrets de la sala.)* A l'altra banda, un riu; i una carretera a mitja muntanya. Cap allà, el camí no sembla gens perillós. És ple de rocs. Ah! Confonc aquesta muntanya amb la d'abans, fins al punt de no saber si es tracta d'un mateix drac. A aquella roca tan grossa, li donaria un cop d'espasa, jo. *(Tot assen-* 183 *yalant.)* Assenyalo l'encreuament de les carreteres. Ah! Caminant a l'atzar, cap allí em sembla que em sembla que trobaria vaques. Si provava d'envestir aquella alzina, com és del cas, la partiria en dues meitats amb un sol cop. Causaria la mort de tothom qui feriria. Aquell pic del fons està cobert per la neu. I aquell altre. Tots dos, els hauria de tocar. Aquella roca sembla una cadira; com si s'hagués separat una mica. Veig una roca que té la forma d'un drac encaputxat; i aquella altra s'assembla a tu, Vicenta, en actitud de llegir un llibre. Sort que els rocs no creixen. Amb els que hi ha! Amb aquella altra roca, s'hi devia barallar el diable, li devia ventar una forta empenta i la va deixar sola allí. Vicenta, hi ha un núvol que té forma de drac. I aquell altre, de què presenta la silueta? Ja sé. D'un príncep musulmà petrificat. I els del costat sembla que l'agafin pel braç. Qualsevol passa per allí en dies de tempesta!

MULLER *(de cop sobte)*: Déu meu!

MARIT: Què? T'has punxat?

MULLER *(es posa un dit a la boca).*

MARIT: T'has punxat, Vicenta?

MULLER: Si ho faig així, no podré tocar el piano.

MARIT: Vols dir que es perjudicaria la veïna?

MULLER: Ca! El seu piano només figura com a moble.

MARIT: A mi, m'agraden més els instruments de cordes fregades. *(Continua mirant a estones amb els binocles.)*

MULLER: Ja no em surt sang.

MARIT: Jo voldria un piano amb només les tecles blanques.

MULLER: No li demanaria pas que em deixés una escala; no podria enfilar-me ni en un niu d'orenetes. Per això aquests pianos no hi són. Cada nota quedaria separada.

MARIT: Posant-hi les cordes més llargues...

MULLER: Calla, calla! No cal que diguis res més. No m'ajudes gens.

MARIT: Què et passa, Vicenta?

MULLER: És que veig que són mudes les teves idees.

MARIT: És que la música està destinada a altres coses. Jo em quedo amb tot el que hi ha dins.

MULLER: Està bé, però veges de deslligar de tant en tant la maleta.

MARIT: Estimo que sí, Vicenta, estimo que sí.

MULLER: No encertes res en la construcció de pianos.

MARIT: T'ho prego: deixa'm que t'expliqui.

MULLER: No em vinguis amb més espases. Deixa-les al peu de la porta.

MARIT *(assenyalant)*: Aquella roca grossa...

MULLER: No vull sentir parlar més de tremps d'espases ni de mànecs virolats. Que els dracs caiguin morts en el paratge que vulguin!

MARIT: No esperes de conèixer el resultat? Quan jo alci el braç enlaire...

MULLER: Interpreta el fet com vulguis.

MARIT: Tu, un dia, prova d'envestir un arbre, abans de discutir.

MULLER: Hi ha vaixells que són força llargs,

MARIT: No ho sé, per ventura?

MULLER: No tenim foc, aquí, no.

MARIT: Quan jo m'encararé amb la bèstia...

MULLER: Però ja saps com trobar, i a on, una bèstia d'aquestes?

DONA SEGONA: On sou? *(Entra per l'esquerra.)* Aquí vinc.

MULLER: Hola, Màxima.

DONA SEGONA: A tu pau. *(Al Marit.)* A tu concòrdia.

MARIT: Màxima, salut! *(Deixa de mirar un moment amb els binocles.)*

DONA SEGONA *(a la Muller)*: Ha volat fins a les meves orelles que tenies un fil de seda molt fi. Haig de cosir una minúcia de la nena i em pot interessar que me'n deixis un rodet. He pensat que em servirà de model el que tu cusis; encara que tu i jo, Vicenta, ens salvem cadascuna per la seva banda. Avui ja no solen acabar la feina com ho fem nosaltres. I això que, gràcies a les actuals possibilitats de la meva vista, amb prou feines em puc allunyar gaire de la feina. Malament tot. Haig de cosir amb el coll torçat. Entens? És a dir: ni de l'una ni de l'altra manera. Sembla que vegi grans de pols damunt la roba.

MULLER: Doncs t'has de posar ulleres.

DONA SEGONA: Me'n faré fer dues de contràries: unes per

la terra i unes pel mar, sí. I per quan se'ns acudeixi de viatjar, en Romuald té una ullera de llarga vista. Però ara, tal com van les coses, tant se me'n dóna portar ulleres com no. I això que vaig haver de deixar paga i senyal al senyor doctor oculista.

MULLER: Jo, de tu, me les faria.

DONA SEGONA: És clar, per això vaig encarregar-les; sí.

MULLER: Hi toques. *(Per la feina.)* Aquesta agulla crec que cosiria ferro i fusta.

DONA SEGONA *(al Marit)*: Estan bé aquest parell d'ulleres que té vostè a la mà, Emeri. Una per cada ull. ¿Les hi han dutes d'algun país estranger?

MARIT: No, no. Són de la botiga d'òptica "El tercer ull".

DONA SEGONA: Doncs així, si s'havia de partir en tres, hi falta una ullera.

MARIT: Té raó. Però el màxim són dues, Màxima. *(Deixa de mirar amb els binocles.)*

DONA SEGONA: Etcètera. En Romuald també, segons els seus estudis, encara la ullera cap a l'horitzó i mira cap a un indret i després cap a un altre. Agafa la ullera i mira els arbres i sap de què són els nius que hi ha dalt. I fins i tot sap on els ocells dormen o estan desperts. Però en caça poquíssims. Més aviat estafa clients.

MULLER: Em sembla bé.

DONA SEGONA: Sí, sí; mira, mira, i veu lluny, lluny. Tanta xarxa li arrossega.

MULLER: Et daré el rodet de fil.

DONA SEGONA: Gràcies!

MARIT: I no té idea d'on hi ha un drac?

DONA SEGONA: Això potser dalt d'una muntanya. A la processó n'hi ha un que va ben de pressa.

MARIT: Gràcies, però ja me n'havia adonat.

MULLER: Emeri: tinc un rodet de fil blanc damunt la calaixera. Porta-me'l aquí.

MARIT: Rediantre! *(Surt per la dreta.)*

DONA SEGONA: Vostè, Emetèria...

MULLER: Com?

DONA SEGONA: Dic, perdó!, Vicenta, ¿no considera els toros contraris a la caritat?

MULLER: Sí; de vegades em convenço d'això.

DONA SEGONA: Jo crec, la veritat, que no els haurien de

permetre. Són una veritable carnisseria. Fixi's que els millors toros són els que millor maten. A mi, és una diversió que em sembla un càstig.

MULLER: Ho diuen els nois i ho diuen els vells, però...

DONA SEGONA: Els animals que maten són ben innocents, i els homes s'exposen la vida. Vaja, que jo no puc veure els innocents animals martiritzats per al gust del públic i amb perill de vides humanes. Vagi en una plaça i podrà jutjar vostè mateixa que això és així. No l'enganyo.

MULLER: No estic per dracs, vull dir per toros...

DONA SEGONA: No els haurien de deixar fer ni amb fins benèfics. Algú hauria de treballar perquè desapareguessin. Algú que estigués ben resolt de fer-ho així.

MULLER: Al bosc hi ha moltes aranyes.

DONA SEGONA: Molta gent corre; però, amb l'arrencada que porta, va a caure dins el mar, i el mar no és un llac d'aigua dolça.

MULLER: I obrir camí a través de les roques és difícil.

DONA SEGONA: Però, veu?, vostè diu que té una agulla que cosiria fusta i ferro.

MULLER: És un dir; si ho feia, obriria uns ulls com unes taronges.

MARIT *(reapareix i dóna un rodet a la Muller).*

MULLER: Gràcies, Emeri. *(A la Dona.)* Hauria pogut passar abans si el necessitava.

DONA SEGONA: No, no, no.

TELÓ

Març de 1959.

SUMARI

Joan Brossa, OR I SAL

LES MILLORS OBRES DE LA LITERATURA CATALANA

Les obres i els autors més importants de la literatura catalana, clàssica i moderna, posats a l'abast de tots els lectors d'avui.